큰스님의 마음공부

해인사 고승 산방한담

해인사 고승 산방한담

큰스님의
마음공부

보광 대선사 말씀 | 경성·각산 스님 엮음

21세기북스

"돌부리에 걸려 넘어졌다고 돌을 깨랴? 스스로가 정신을 다잡고 세상을 바로 보며 걸어야 한다. " 보광 대선사의 이 말씀은 원망에 차 돌을 깨지 못해 안달하는 이 시대 사람들에게 던지는 명쾌한 메시지입니다. 선, 교, 율을 두루 갖춘 이 시대의 삼장법사이신 대선사가 법 사형님이라는 사실이 새삼 환희롭게 느껴집니다.

월호스님(전 쌍계사승가대학장, 행불선원장)

성공적인 삶을 안내하시는 이 시대의 참스승님! 현대사회의 아픔을 보듬어 주시는 정신적 큰스님! 평생 오롯이 수행자의 길을 걸어가시는 가야산 큰어른 보광 대선사! 때론 호랑이 같은 서슬 퍼런 모습으로, 때론 할아버지 같은 인자한 모습으로, 때론 아이의 순수한 모습으로 우리에게 깨달음의 광명을 주십니다.

마가스님(사단법인 자비명상 대표)

보광 큰스님의 법문을 듣고 있노라면 큰스님이 어떻게 살고 계시는지, 우리는 또 어떻게 살아야 할지가 몸과 마음에 저절로 스며듭니다.

전현수 정신과 의사(정신건강의학과의원 원장)

보광 큰스님의 법문은 결코 큰 목소리가 아닙니다. 부처님 가르침의 정수를 쉬운 우리말로 조곤조곤 낮은 목소리로 풀어주십니다. 큰스님의 법문을 집대성한 이 책에서 "해인사에 보존되어 있는 팔만대장경을 관통하는 하나의 공통점은 사람으로부터 시작한다는 것이다", "팔만대장경을 이루고 있는 글자 수는 모두 육천만 자가 넘는데, 그 가운데 가장 거룩한 글자는 부처 '불(佛)'이고, 가장 핵심이 되는 글자는 바로 마음 '심(心)'이다"라는 구절만 온전히 마음 그물에 건져도 각자의 인생과 세상이 달라질 것이라 믿습니다.

김한수 기자(조선일보 종교전문 기자)

이 시대의 참다운 큰스님,
보광 대선사가 전하는 지혜의 말씀

이 책은 해인사 고승이신 보광 성주 대선사가 해인사 희랑대에 머무실 때 찾아온 이들에게 설법한 산방한담 이야기를 엮은 것입니다.

보광 대선사는 이 시대의 진정한 수행승이자 참선, 교학, 율학을 두루 갖춘 대선사입니다. 평생을 수행자로 살아가며 감히 범접하지 못할 경지의 언행일치를 이루셨으며, 구수한 시골 할아버지처럼 다정하면서도 때로는 삶의 문제와 인생의 애환을 번득이는 섬광같이 예리하게 통찰한 지혜의 말씀을 전해왔습니다. 그 말씀을 한 권의 책으로 모으니, 이 책에 담긴 대선사의 말씀은 우리 중생의 삶을 바로 지금 이 자리에서 성공적으로 변화시켜줄 법문입니다.

불가에서는 경율론을 완전히 꿰뚫어 달달 외우는 스님을 일컬어 삼장법사라고 합니다. 그런데 경율론 삼장을 이루고 거기에 심오한 깨달음을 얻은 경이로운 참선 수행 이력까지 갖춘 선승은 찾기 쉽지 않습니다. 게다가 행까지 실천되기는 더더욱 어렵지요.

보광 대선사는 당대 최고의 선승이자 가야산 호랑이라 불리는 성철 큰스님도 어쩌지 못한 옹골찬 수행승이었습니다. 지금으로부터 삼십오 년 전, 보광 선사가 마흔한 살에 해인사 강원 강주(현재 해인사승가대학 학장)를 지내던 시절에, 한국 불교의 등불인 성철 큰스님께서 보광 선사에게 해인사 주지를 맡기려 하신 적이 있었습니다. 그때 대선사는 일언지하에 큰스님의 제안을 거절하고, 그길로 해인사 산문을 박차고 나와 출가자들의 전문 수행처인 선방에서 이십여 안거를 성만하셨습니다.

참으로 서릿발같이 고고한, 출가 대장부다운 기상이 아닐 수 없습니다. 본사처럼 큰절의 주지는 서로 하려 들기 마련입니다. 선거로 주지를 선출하는 요즘 상황에서 되살펴보니 더더욱이나 보광 대선사는 출가자들에게 진정한 귀감이었습니다. 그럼에도 대선사는 가끔 되뇝니다. 이십여 년 전에 성철 큰스님께서 입적하시고 산중의 합의로 해인사의 안정을 꾀하기 위해 추대를 받아 어쩔 수 없이 해인사 주지를 맡은 것이 당신 스스로 수행의 길을 걸어오며 남긴 하나의 오점이라고 말이지요.

이후로도 지금껏 보광 대선사는 해인사 방장이나 조계종 원로의원 등과 같은 자리에 추천을 받았지만 이를 모두 물리쳤습니다. 그렇게 모든 공직을 내려놓은 채 이십여 년의 세월 동안 은둔 수행을 하면서 바다에 등불을 켜고 하늘의 달을 벗 삼아 청산과 더불어 말없이 은거 정진하고 계십니다. 아마도 성철 큰스님 이후 해인사의 마지막 가야산 호랑이라 일컬어도 과언이 아닐 것입니다. 보광 대선사야말로 진정한 수행자의 표상입니다.

이 책은 해인사 고승 보광 성주 대선사가 설법한 법문을 전하고자 상좌이자 제자인 경성 스님과 각산 스님이 엮은 것입니다. 보광 대선사는 불교계의 대강백(석학)이면서도 지금껏 저서 한 권을 남기지 않았습니다. 이는 마음의 눈만 열리면 팔만대장경에 이미 천하의 진리가 담겨 있다는 것을 알건만, 굳이 황금에 덧칠을 할 필요가 있겠냐는 대선사의 뜻이었습니다. 이 책에 실을 머리말 한 꼭지를 청하는 제자들의 부탁에도 대선사는 "이 책은 내가 원해서 나온 책이 아니다. 한때 인연이 닿은 법회에서 설법한 보잘것없는 법문을 너희가 우겨서 책으로 만들었으니 머리말은 이 책을 엮은 자가 알아서 할 일이다"라고 딱 잘라 말하셨습니다. 그러나 제자인 저희는 대선사의 말씀을 더 널리 전하고 싶었기에 고집을 부려 이 책을 엮었습니다. 그런 이유로 이 글은 사실 머리말 아닌 머리말인지도 모릅니다. 엮은 이로서 머리말을 전하는 것이 다소 황망합니다만, 그 또한 대선사의 가르침이며, 그러한 경책 속에서 다시 한 번 깨달음을 얻습니다.

보광 대선사의 말씀을 담은 이 책의 요지를 간추리면 이렇습니다.

"원한은 내가 그 일을 잊어버릴 때 사라지게 된다."
"성공적인 삶을 위한 '인생'에서 '업보라는 짐'을 모르면, 평생 고달픈 인생살이에 허덕이면서 하루도 근심걱정에서 풀려나지 못한다."
"팔만대장경을 이루고 있는 글자 수는 모두 육천만 자가 넘는데, 그 가운데 가장 거룩한 글자는 부처 '불(佛)'이고, 가장 핵심이 되는 글자는 바로 마음 '심(心)'이다."

"중생과 부처의 차이는 '바로 지금'을 놓치는 데에서 발생한다."

"세간이 바로 복밭이다."

"불법을 알면 세상을 알게 된다. 불법은 곧 진리를 깨치는 것과 같다."

"불법을 만났으니 이제 범부가 누리는 속세의 복에 만족하지 말고, 더 높은 이상의 세계, 생사해탈의 경지를 추구하시오."

부디 이 책과 인연된 분들에게 행복과 평안이 있길 기원 드립니다.

원이차공덕 개공성불도.

불기 2561년 1월

해인사 희랑대 보광 문도

경성, 각산 합장.

차례

3부 行행 - 믿고 아는 대로 실천하라

4부 證_ - 내 마음에 부처를 이루다

1부

信 신

마음공부의 첫걸음

영원한 진리는
없다

정해진 법이란 있을 수 없다는 것만이 진정한 법이고,
얻을 만한 깨달음이란 없다는 것을 깨닫는 것이 진정한 깨달음입니다.

인류의 역사가 시작된 이래 수많은 법이 만들어지고 수정되었습니다. 그처럼 많은 법 가운데 시대와 상황의 변화에 상관없이 항상 적용되었다고 확신할 수 있는 것은 단 한 구절도 없습니다. 어느 시대에는 절대적인 선(善)으로 여겼던 것도 시간이 흐르고 상황이 변하면 필요 없는 말이 되거나 또는 도리어 악으로 규정되기도 했습니다. 이것은 공동체나 국가를 구성하고 유지하고 관리하기 위한 사회법에서만 나타나는 현상은 아닙니다.

인류는 시간과 공간의 변화에 영향을 받지 않고 항상 적용할 수 있는 기준, 만물의 절대적 가치를 평가할 수 있는 기준, 즉 '진리'를 찾으려는 노력을 기울여왔습니다. 이런 노력을 '종교'나 '철학'이라고 부릅니다. 그 결과 인류에게 지대한 영향을 미친 기준들을 제시한 성인들도 나타났습니다. 하지만 성인들이 진리라고 보여준 것들도 시간이 지나 문명이 발달하고 전 세계 사람들의 교류가 활발해지면서 단순한 신념 체계에 불과했음이 드러났습니다. 인간에게 행복을 보장해주리라 여겼던 종교와 이념이 오히려 폭력과 마찰의 불씨가 되고, 심지어 전쟁이라는 참혹한 상황에 이르게 만들고 있음을 우리는 지금도 목도하고 있습니다.

그러나 부처님께서 인류에게 보여준 '법'은 기존 성인들이 제시한 것과 차원이 좀 다릅니다. 부처님께서는 "이 세상에 영원한 진리라 할 만한 것은 없다는 것이 진리다"라고 선언하셨습니다. 또한 "욕망의 충족을 통해서 행복을 얻으려고 애쓴다면 인간은 절대로 행복해질 수 없다. 진정한 행복은 욕망과 집착을 버릴 때 찾아온다"라고 가르치셨습니다.

"여래는 늘 '너희 비구는 나의 설법이 뗏목의 비유와 같음을 알아야 한다. 법마저도 버려야 하거늘 하물며 법이 아닌 것에서는 어떠하랴' 하고 설하느니라. 수보리야, 어떻게 생각하느냐. 여래가 '아뇩다라삼먁삼보리'를 얻었다고 생각하느냐?"

수보리가 대답했습니다.

"제가 부처님께서 말씀하신 뜻을 알기로는 '아뇩다라삼먁삼보리'라고 할 만한 정해진 법이 없으며, 또한 부처님께서 설하셨다고 할 만한 정해진 법도 없습니다."

__『금강경』

　아뇩다라삼먁삼보리란 '위없이 높고 평등한 최고의 올바른 깨달음'이라는 뜻입니다. 부처님께서는 수행자들이 최고의 이상으로 여기는 이 깨달음마저도 정해진 것이 아니라고 하셨습니다. 정해진 법이란 있을 수 없다는 것만이 진정한 법이고, 얻을 만한 깨달음이 없다는 것을 깨닫는 것이 진정한 깨달음이라고 하셨습니다. 집착을 끊으라는 말씀입니다.

　역설처럼 들리겠으나 누군가가 "이것이 진리이고 다른 것은 거짓이다"라고 하거나, "나는 진리를 알고 있고 터득했지만 너는 알지 못한다"고 한다면, 그것은 진정으로 깨달은 것이 아닙니다. 부처님의 설법은 오직 중생의 집착을 끊기 위한 것이었습니다.

　부처님의 가르침은 어렵고 복잡한 체계로 이루어져 있어 알아듣고 깨닫기 힘들다고 생각하기 쉬운데, 그렇지 않습니다. 세상에서 가장 이해하기 쉬운 가르침이 부처님 말씀입니다. 다만 실천하지 않기 때문에 어렵게 느껴지는 것입니다. 또는 실천하려고 애써보지도 않으면서, 어지러운 논변으로 남과 견주고 재주를 뽐내려는 사람들 때문에 불법이 어렵게 여겨지는 것입니다. 불법은 지금의 실상을 그대로 밝혀 괴로움으로부터 스스로 벗어나게 하는 말씀일 뿐입니다.

　이 세상 만물의 실상을 밝힌 부처님의 가르침이 바로 삼법인(三法印, 세 가지 불변의 진리)입니다. 이 세상에 영원한 것과 생멸변화하지 않는 것은 없습니다. 이것을 제행무상이라고 하지요. 사람은 태어나 늙고 병들어 죽으며, 만물은 새롭게 생겨나 그 모습을 유지하다가 부서져 흔적도 없이 사라집니다. 달은 차면 기울게 마련입니다. 이것은 거스를 수 없는 만물의 실상입니다.

하지만 어떤 사람들은 천년만년 살 것처럼 오만을 부리고 탐욕에 빠져 살아갑니다. 숨넘어가는 순간에도 왼손은 땅문서를, 오른손은 통장을 놓지 못합니다. 젊고 건강했던 때를 아쉬워하고, 힘 있고 부유했던 시절을 잊지 못합니다. 명예나 권력을 잡으면 놓으려 하지 않고, 권력을 잃고 나서도 권력을 쥐고 있던 시절처럼 행동합니다. 꽃 피는 봄이 가면 여름이 오고 가을 겨울이 오는 것은 피할 수 없는 자연의 이치인데도, 항상 봄날만을 기대하고 붙잡아두려 합니다. 어리석음 때문입니다. 이처럼 '무엇인가 변하지 않는 게 있다'고 생각하는 것을 상견(常見, 영원주의)이라고 합니다.

어떤 사람들은 '무상하다'는 말을 들으면 허무와 실의에 빠지거나 염세적인 생각을 합니다. 내가 원하는 대로 될 수 없다고 생각하기 때문입니다. 영원히 살 줄 알았는데 죽어야만 한다는 사실을 알게 되고, 얻은 것을 놓치고 싶지 않은데 얻은 것은 잃어버릴 수밖에 없다는 것을 알게 되니까 허탈한 것입니다. 더 심각한 것은 '어차피 죽을 인생인데 애써 살아 무엇 하나, 노력할 것도 애쓸 것도 없다'는 위험천만한 생각입니다. 농부가 봄이 왔는데도 '겨울이 오면 어차피 다 말라죽을 것을······' 하면서 씨앗을 뿌리지 않는다면 어떻게 될까요? 이런 생각을 단견(斷見, 허무주의)이라고 합니다.

상견과 단견은 모두 만물의 실상을 바로 보지 못해서 생긴 잘못된 견해들입니다. 허망한 욕망에 집착하기 때문에 바로 보지 못하는 것입니다. '늙기 싫다', '병들기 싫다', '죽기 싫다'고 고집하면 그것이 곧 고통이 됩니다. 이 세상에 자기 뜻대로 될 수 있는 것은 없다는 사실을 수긍하고 받아들여야 합니다. 온갖 불만족과 고통의 원인은 어리석음과 집착에서 생기는 것입니다.

나라고
할 만한 것이 없다

열반이란 죽어 없어진다는 의미가 아닙니다.
편견과 집착에서 벗어나 고통과 번뇌가 사라지는 것이 열반입니다.

일체만법은 모두 인연에 따라 생겼다가 인연에 따라 흩어집니다. 이것이 연기법입니다. 연기법을 알게 되면 두 번째 가르침을 깨닫게 됩니다. 두 번째 가르침은 제법무아, 그 어떤 존재도 실체가 없다는 것입니다.

법문을 들으며 앉아 있는 법당의 기둥, 서까래, 대들보, 마루, 천장, 기와 등등 많은 것 중에 어느 것을 법당이라고 해야 할까요? 그렇다고 기둥, 서까래 등등이 없는 법당은 생각할 수 없습니다. '기둥, 서까래 등등 온갖 건축 자재를 조합했더니 법당이 생겼다'고 하지만 법당이라는 새로운 이름이 붙었을 뿐 실제로 새롭게 생겨난 것은 단 하나도 없습니다.

사람도 마찬가지입니다. 삼백육십 개의 골절이 모이고 피와 살이 엉긴 것을 피부가 에워싼 것이 사람입니다. 그 가운데 어느 하나를 지적하여 '이것이 진짜 나'라고 말하는 것은 불가능합니다. 또한 항상 같은 모습 같지만 태어난 순간부터 죽는 순간까지 끊임없이 변화하고 있습니다. 하루에도 사람 몸에 약 일억 오천만 개 세포가 죽고 또 새로 생겨난다고 합니다.

흔히 사람이 팔십 년, 백 년을 산다고 하지만 미시적인 세계로 눈을 돌려보면 순간순간 삶과 죽음은 반복되고 있습니다. 작은 비눗방울 하나가 터진다고 거품 전체가 사라지는 것은 아니지만, 언젠가는 더 이상 새로운 거품이 생겨나지 않는 상황을 맞이합니다. 그것이 바로 죽음입니다. 사람이 죽어서 땅에 묻혀도 변화는 멈추지 않습니다. 단지 묘비만이 누구의 묘인지 말해줄 뿐이지요. 이처럼 끊임없이 변화하고 있는 어느 순간도 '진짜 나'라고 할 수는 없을 것입니다.

실상이 이런데도 사람들은 어리석게 육신의 변화를 거부합니다. 늙음이 찾아오면 늘어진 주름살을 펴려 애쓰고 더 오래 살아보려고 발버둥 칩니다. 심지어 죽어서까지도 커다랗게 무덤을 쓰고 큰돈을 들여 거창한 석물을 세웁니다. 부유하고 권력을 누리던 사람일수록 더합니다. 실체도 없는 이름 석 자에 집착하기 때문입니다. 태어나 늙고 죽는다는 것이 무엇인지 실상을 모르기 때문에 집착하는 것입니다. 아집을 부리는 것이지요.

아집을 여의면 열반적정(모든 번뇌가 사라진 고요한 세계)에 도달합니다. 열반이란 죽어 없어진다는 의미가 아닙니다. 일체의 편견과 집착에서 벗어나 모든 고통과 번뇌가 사라지는 것을 열반이라고 합니다. 실상을 바로 보고 집착을 버리게 되면 마음이 저절로 편안하고 즐거워집니다. 무거운 짐을 지고 사는 사람이 고통에서 벗어날 수 있는 가장 좋은 방법은 짐을 내려놓는 것입니다. 짐을 내려놓지 못하는 것은 집착 때문입니다.

세상살이가 힘겹고 고통스러우면 우리는 다른 사람들 탓을 합니다. '누구 때문에', '무엇 때문에' 내가 이렇게 괴롭다고 원망을 합니다. 그런 원망을 해봤자 나만 손해입니다. 괴로움의 원인도, 또 괴로움의 결과도 결국 자신의 견해와 집착 때문에 생깁니다. 이것을 인정하고 일체의 편견과 집착을 내려놓을 줄 알아야 합니다.

어제와
오늘의 인연

모든 것은 인연에 따라 생겼다가
시간이 흐르면 변화하고 결국은 무너지고 맙니다.

인류 대부분은 현실의 쾌락에 집착하거나, 또는 삶의 고통을 멍에처럼 짊어지고 노예처럼 살아왔을 뿐, 이것에 대한 해결책의 원천을 깊게 파고들지 않았습니다. 그런데 이런 삶의 근본적 고통과 죽음에 대해서 최초로 의문을 가지고 해결책을 찾아냈던 분이 바로 부처님이십니다.

저는 열일곱 살에 출가를 했습니다. 지금도 그때를 돌이켜보면 참 아찔한 생각이 듭니다. '내가 그 어린 나이에 어떻게 출가할 생각을 할 수 있었던가?' 생각하면 대견스럽습니다. 한편으론 '출가하지 않았더라면 어쩔 뻔했나' 하는 생각이 들면 등골이 오싹해집니다. 불법을 공부하는 사람이라면 스스로 불법을 만나게 된 것을 일생일대에 가장 다행스럽고 고마운 일로 여깁니다. 이런 간절함과 믿음이 없다면 불법을 공부하는 것이 아닙니다.

불법이 아니고서는 절대로 현실을 바로 보지 못합니다. 분명히 두 눈 뜨고 세상을 보고 있는 것 같지만 사실은 욕심에 눈이 멀어서 환상과 몽상을 좇으며 살아가는 것입니다. 이것을 경전에서는 '목마른 사슴'에 비유하고 있습니다.

인도는 우기와 건기의 구분이 명확합니다. 건기가 되면 몇 달씩 비한 방울 내리지 않습니다. 그런 건기에 사슴 한 마리가 마실 물을 찾아서 이 언덕 저 언덕을 헤매고 다녔습니다. 그러다가 들판 저 먼 곳에 큰 물웅덩이가 보였습니다. 사슴은 기쁜 마음에 한숨에 들판으로 달려갔습니다. 그런데 어찌된 일인지 들판에는 물 한 모금도 없었고 다시 저 언덕 너머로 물웅덩이가 보이는 것입니다. 사슴은 지친 몸을 끌고 또 달려갔지만 그곳에도 물은 없었습니다. 사슴은 저 멀리 보이는 물웅덩이를 향해 또다시 달려갔고 이를 되풀이하다 결국은 지쳐 쓰러져 죽어버렸습니다.

과연 물은 어디로 사라진 것일까요? 물은 애초에 있지도 않았습니다. 대지의 열기로 뜨거워진 공기에 햇빛이 반사된 신기루였던 것이지요.

우리 삶도 목마른 사슴과 그리 다를 것이 없습니다. 아지랑이 물결에 목을 축이려고 뛰는 사슴처럼, 사람들은 욕망에 눈이 어두워 나름대로의 행복을 찾아 끊임없이 뛰어갑니다. 사람마다 분명히 자기 목표가 보이고 행복이 손아귀에 잡힐 것만 같지만, 그것이 목마른 사슴의 눈에 비친 '맑고 시원한 호수'와 다르지 않다는 것은 알지 못합니다. '저기만 가면 이 모든 고통이 해결될 텐데……' 하고 뛰지만 달리면 달릴수록 목만 타는, 이것이 전도몽상(顚倒夢想)입니다. 있지도 않은 것을 있다고 착각하고, 가질 수 없는 것을 가질 수 있다고 집착하는 것이지요.

세상을 바로 볼 수 있어야 합니다. 이 세상은 인연법으로 이루어져 있습니다. 삼라만상 어느 것 하나도 이유 없이 존재하는 것은 없습니다. 모든 것은 서로의 관계 속에서 발생하는 것이지 저 홀로 일어나는 법은 없습니다. 모두 인연에 따라 생겼다가 시간이 흐르면 변화하고 결국은 무너지고 부서지고 맙니다. 이는 어쩔 수 없는 사실인데도 사람들은 있는 그대로 이야기해주면 믿으려 하지 않습니다.

중생의 습성이란 어떻게 해서든지 자기가 좋아하는 것은 붙잡아 두려고 애쓰고, 싫어하는 것은 억지로 떼어내려고 기를 씁니다. 또 아직 오지도 않은 것을 잡아당기려고 애태우기도 하고, 혹은 닥치지도 않은 일을 미리 두려워하기도 합니다.

지금 일어나는 모든 일은 지난 시절에 내가 지은 업의 과보입니다. 이걸 볼 수 있는 사람에게는 지금 부딪히고 있는 현실 그대로가 곧 스승이 됩니다.

길을 걷다가 돌부리에 걸려 넘어지면 어떻게 생각해야겠습니까? '저 놈의 돌 때문에 내 무릎에 상처가 났다' 하고는 망치를 들고 와서 돌을 깨버려야겠습니까?

세상을 살다 보면 억울한 일을 많이 당합니다. 그럴 때 '저 사람이 나를 욕했다', '저 사람이 나를 비웃었다', '저 사람이 나를 곤란하게 만들었다' 하고 원한을 품어서는 안 됩니다. 원한은 원한으로 해결되지 않습니다.

내가 그 일을 잊어버릴 때 원한은 사라집니다. 돌 때문에 넘어진 것이 아닙니다. 돌은 '저 사람 발목을 걸어서 넘어뜨려야겠다'는 생각을 하지 않습니다. 자기가 부주의해서 넘어진 것뿐입니다. 세상을 바로 보고 정신 차리고 걷는다면 그 사람이 바로 도 닦는 사람입니다. 불법을 어렵게 생각하지 마세요. 지금 품은 생각을 똑바로 실행하며 살아간다면 누구나 성불할 수 있다고 설파하는 것이 바로 불법입니다.

진리를 구하는 마음

마음을 바로 가지면 중심을 잡게 되고
중심이 잡히면 더 이상 주위 환경에 휘둘리지 않습니다.

생각을 바르게 지니고 세상을 바로 보려면 먼저 반연으로부터 초연해져야 합니다. 반연(攀緣)이란 이리저리 얽히고설킨 인연을 말합니다. 세상의 인연 가운데 가장 지중한 것은 부부의 인연이며 부모와 자식의 인연입니다. 세상 사람들은 자기의 업대로 모든 것을 인정으로만 바라봅니다.

출가를 바라보는 시각도 마찬가지입니다. 출가해서 부모 자식 간의 인연이 끊어지면 큰일이라도 나는 것처럼 생각합니다. 하지만 이것은 어리석은 생각입니다. 부모와 자식의 인연이 아무리 지중하다고 해도 이십 년이나 삼십 년 세월이 흐르면 헤어지게 마련입니다.

또한 간담이라도 서로 빼어줄 수 있을 것 같은 부부 사이라도 늙음과 죽음을 대신해줄 수 없습니다.

부처님은 이 사실을 일찍이 깨달으셨기 때문에 출가를 결심하셨습니다. 아버지 정반왕을 비롯해 카필라성의 모든 사람이 눈물로 애원하고 말렸지만 그들 모두를 뿌리치고 마부 한 사람만 데리고 길을 떠나셨습니다. 아들의 출가를 막으려고 얼마나 애를 썼는지 경전에서는 "정반왕은 힘센 이들 오백 명에게 성문을 낮밤으로 빈틈없이 지키게 하였다"고 당시 상황을 묘사합니다. 절절한 만류를 뿌리치고 출가했던 부처님의 결심이 그토록 당당했습니다.

불법을 배울 때는 이런 용기와 결단이 있어야 합니다. 원한과 미움의 인연뿐만이 아니라 사랑과 은혜로운 인연까지도 모조리 끊는 것이 바로 출가입니다. 범부들은 나쁜 인연은 모조리 없어지고 사랑스러운 인연만 남으면 좋겠다고 생각합니다. 사랑과 증오는 손바닥과 손등의 관계로 떨어지려야 떨어질 수가 없습니다. 반드시 함께하기 마련입니다.

증오든 사랑이든 업연(業緣)의 고리를 단단히 엮기는 매한가지입니다. 사람들은 이 인연의 고리를 놓을 줄 모릅니다. 십 년이 지나든 이십 년이 지나든 내 마음에 맺힌 일이라면 잊을 줄을 모릅니다. 지나간 것은 지나간 대로 내려놓으십시오. 내려놓는 것이 출가입니다.

또한 지금 당장 이 순간에 진리를 구하겠다는 마음만 진실하게 낸다면 곧 출가인 것입니다. 『화엄경』에서도 "보리(bodhi, 깨달음)를 구하겠다는 마음을 일으킨 공덕은 가히 헤아릴 수가 없다"고 했습니다. 한 생각 바르게 지니고 닦으면 그것이 곧 출가이고 도를 닦는 것입니다. 그렇지 않고 밖으로 도와 진리를 추구한다면 그건 도 닦는 것이 아니라 헛것에 홀려서 살아가는 것입니다.

모양과 형상에 집착해서 바깥 사물에 휘둘린다면 혼란만 더하지 안정이란 있을 수 없습니다. 마음을 바로 가지면 중심을 잡게 되고, 중심이 잡히면 더 이상 주위 환경에 휘둘리지 않습니다. 맷돌을 한 번 보세요. 맷돌이 정신없이 빙빙 돌아도 그 중심은 꿈쩍도 안 하지요. 이런 사람이라야 존경받고 대접받습니다. 그런 사람은 굳이 절에 있지 않더라도 항상 수행하는 것이며, 세상 어디를 가나 수행하는 도량이 아닌 곳이 없게 되지요.

마음을 바로 세우고 육바라밀을 열심히 실천해 나아간다면, 그 사람은 곧 출가한 사람이고 항상 도량에 머물며 수행하는 사람이라고 할 수 있습니다.

인생 백 년을 살더라도 중심을 바로 세우지 못하고 산다면 불쌍한 사람입니다. 한평생 꿈인지 생시인지도 모르고 헛되게 살다가 헛되게 사라져버리는 것이니 얼마나 안타까운 일입니까? 그러므로 지금 당장 '이렇게 소중한 가르침을 만날 수 있었다니 얼마나 다행인가' 하는 마음을 갖고, 보리심을 일으켜야 합니다.

진리를 구하는 마음을 일으켜 부처님의 진실한 가르침에 출가하고 일거수일투족에서 항상 진리를 구한다면 가장 위대한 삶을 살아가는 것입니다.

믿음과
실천

생각이 바뀌면 안목이 달라집니다.
안목이 달라지면 세상을 보는 차원이 완전히 달라집니다.

성인은 높은 곳에 살고 우리는 낮은 곳에 산다고 합니다. 그러나 사실상 우리의 본심은 성인과 똑같습니다. 불법이란 막히고 덮이고 흐린 우리의 마음을 걷어주고 틔워주고 깨우쳐주는 것입니다. 그러니 불법의 길은 마음공부와 같다고 할 수 있습니다.

우리는 내 막힌 마음을 트고 흐린 마음을 밝게 하고 덮여 있는 마음을 걷어내겠다는 생각으로 불법에 입문해야 합니다. 그렇지 않으면 법문을 들어도 아무런 보탬이 되지 않습니다. 세상 사람들은 현실이 답답해서 종교에 매달립니다. 그래서 종교가 자신에게 득이 되는지, 영험이 있는지, 재수가 좋은지에 관심을 더 쏟습니다. 사실 이것은 불교의 본질과는 거리가 멉니다. 요행수를 바란다면 절보다는 용한 점쟁이나 무속인을 찾아가서 굿을 하는 편이 더 나을지도 모릅니다.

불교는 나 자신을 일깨우고 막힌 업을 트는 종교입니다. 부처님이 어디서 어떻게 성불하셨는가를 알고 배워서 나도 그 길을 걷겠다는 마음가짐으로 출발해야 합니다. 부처님은 왕족의 신분이었으나 우리와 똑같이 사람이었고, 우리가 사는 이 땅에서 태어나 수행하고 성불하신 분입니다.『화엄경』의 요체는 '부처님께서는 항상 보살행에 대해서 설법한다'는 것입니다.

그러니 보살행을 실천한다는 것은 곧 우리가 믿고 알게 된 후에 그 시간이 얼마나 걸리든 결실을 볼 때까지 끝없이 노력한다는 의미입니다. 잘못 믿으면 잘못 압니다. 잘못 알면 잘못 행하게 됩니다. 잘못 행하면 아무리 천당 극락을 바라더라도 자기가 서 있는 자리에서 벗어나지 못합니다. 불법을 잘못 믿었기 때문에 생각과 행동이 바뀌지 않아 항상 괴로움이 따르는 것입니다.

이치를 모른 채 고난을 당하면 마음속에 항상 한이 서려서 앞길이 막히고 아무것도 되지 않습니다. 생각이 바뀌면 안목이 달라집니다. 안목이 달라지면 세상을 보는 차원이 완전히 달라집니다. 차원이 다르기 때문에 어떤 고난에 처해도 그것을 극복하고 앞으로 나아갈 수 있습니다.

사람에서
시작한다

세상은 아무리 변하고 변해도 다시 돌아옵니다.
사람만이 바뀔 뿐입니다.

해인사에 보존되어 있는 팔만대장경을 관통하는 하나의 공통점은 사람으로부터 시작한다는 것입니다. 왜 사람에서 시작하는 걸까요? 생명의 귀함은 천지만물이 다 같지만 사람만이 이성을 가지고 미래를 걱정하는 의지력이 있기 때문입니다.

우리 삶과 이 세상은 매일 변화하고 순간순간 바뀝니다. 이 세상에 태어나서 죽을 때까지를 팔십 년에서 일백 년으로 보는데, 그동안 무수히 변해갑니다. 하루살이나 날파리의 입장에서 보면 세상이 번개같이 변하겠지요. 변화의 속도가 이렇게 모두 다른 것입니다.

어리석고 게으른 사람은 시간이 천천히 간다고 느낍니다. 현명하고 깨어 있는 사람은 시간이 빨리 간다는 것을 알기에 더욱 바짝 긴장하고 단속하면서 살아갑니다. 성인은 이 세상이 번갯불보다 더 빨리 변한다는 것을 압니다. 빛의 속도로 변해가는 것이 현실입니다. 그러나 게으를수록 잘 시간이 많고 놀 시간도 많습니다.

진리는 지금 여기, 내가 살고 있는 그 자리에서 시작해야 합니다.

불법은 세상에, 사람 사는 곳에 있습니다. 공기가 어디에나 있듯이 불법 또한 모든 곳에 있지만 받아들이는 사람의 능력이 안 되면 아무 소용없지요. 다이아몬드가 아무리 좋아도 축생에게는 아무 소용없듯이 불법이 아무리 위대해도 사람이 아니면 부처님 법을 알 수 없습니다. 불법은 '여기, 이 자리'에, 사람 사는 세상에 있습니다.

부처님은 세상을 떠나지 않고 '지금 여기' 보리수 아래에서 성불하셨습니다. 머리를 깎고 출가수행자가 되는 까닭은 세상에서 살면 대추나무에 연 걸리듯 주변 상황에 얽혀 공부하기가 어렵기 때문입니다. 그러나 반드시 출가해야만 공부가 되는 것은 아닙니다.

이 세상에 사는 동안 더 열심이어야 합니다. 그렇다고 먹고사는 일에만 매달려서는 안 되겠지요. 그것이 바로 불법을 놓치는 이유이기 때문입니다. 세상은 아무리 변하고 변해도 다시 돌아옵니다. 역사는 세상이 흘러간 겁니까, 사람이 흘러간 겁니까, 땅이 흘러간 겁니까? 땅은 그대로 있으니 사람이 흘러간 것입니다. 결국 사람만이 바뀔 뿐입니다.

사람은 생로병사를 거치면서 빠르게 흘러가지만 세상은 그렇게 빨리 흘러가지 않습니다. 그러는 사이에 세상은 남의 세상이 되고 내 세상은 되지 않습니다. 그러나 불법을 깨달으면 내 것은 물론이고 세상도 내 것이 됩니다.

마음이 열리면
모든 것이 열린다

우리는 계속해서 되돌아옵니다.
결국 자신이 있던 자리로 돌아오는 것이 인과 법칙입니다.

우리는 흘러가지만 미래에 다시 올 것을 생각해서 지금 똑바로 살아야 합니다. 우리는 계속해서 되돌아옵니다. 결국 자신이 있던 자리로 돌아오는 것이 인과 법칙입니다. 내가 사는 곳은 이승이고 내가 죽는 곳을 저승이라고 하지만 깊이 들여다보면 죽어도 여기에서 죽고 태어나도 여기에서 태어납니다. 이승에서 지은 과보를 저승에서 받는다는 것은 이승에서 다시 태어나 지난 생에 지은 과보를 받는다는 걸 뜻합니다. 나무에 열린 열매는 떨어져도 멀리 가지 않습니다. 나무 근처에 떨어지지요.

우리와 달리 성인은 다시 태어날 때 멀리 갑니다. 성인은 두 가지

목적에서 태어납니다. 하나는 조금 미진했던 부분을 공부하기 위해서이고, 또 하나는 자신과 인연 있는 사람을 구제하기 위해서입니다. 인연이 있는 곳이 어디인가를 보고 그곳의 중생과 맞추기 위해 거기에 태어납니다.

그러나 범부는 그렇지 못합니다. 결국 자기가 살던 곳에 또 오게 되어 있어요. 멀리 못 갑니다. '더럽다고 우물에 침 뱉고 가면 뒤에 자신이 먹게 되어 있다'는 속담이 있습니다. 돌고 도는 것이 세상사 이치입니다.

이승에서 잘 살면 다시 태어났을 때 사는 주변이 깨끗합니다. 향상된 삶으로 태어납니다. 금생에 잘 닦고 간다면 내생에 최소 열 배는 훌륭하게 태어납니다. 불법을 배워 수행하지 않으면 '죽고 나면 그만'이라며 함부로 살게 됩니다. 다음에 그 자리에 오면 어떻게 되겠습니까? 고생이 훨씬 많을 것입니다.

내가 흘러간 뒤에도 세간은 그대로 있으므로 뒷날을 생각해서 착실히 열심히 잘 살아야 합니다. 극락세계와 사바세계는 따로 있지 않습니다. 사바세계 자체가 극락세계입니다. 결코 두 가지 세상은 없습니다.

생각이 열리고 바뀌면 눈이 달라집니다. 그래서 불교는 기본을 마음에 두었습니다. '마음을 깨우쳐라', 즉 마음만 열리면 모든 것이 다 열린다는 뜻입니다.

몸이라는 하나의 집에 여러 개의 문이 있습니다. 안이비설신의(眼耳鼻舌身意, 눈·귀·코·혀·몸·의식)의 문입니다. 그 가운데 '안이비설신'

은 바깥문이고, '의'의 문은 안에 있습니다. 안에 있는 의식의 문이 주인입니다. 바깥문이 열려서 마음이 열릴 수도 있습니다. 주로 법문을 통해서 마음으로 전달되는 겁니다. 그러나 법문을 통해서 깨닫는 것은 조금 먼 길입니다. 내 안에 있는 문이 열리면 바깥문은 안 듣고 안 봐도 쉽게 열립니다. 이것이 가장 쉬운 길입니다. 내 안의 문을 여는 것은 처음에는 쉽지 않으니 차근차근 해야겠지요. 그래서 법문도 듣고 좋은 풍광도 보라고 가르치는 것입니다.

'마음'의 문이 먼저 열리면 '바깥'의 문인 다섯 가지 감각의 문은 저절로 열리게 되어 있습니다. 마음이 안 열리면 다섯 가지 문이 닫혀 있기 때문에 매사가 귀찮고 힘들어요. 눈을 비롯해서 모두가 뻐딱합니다.

거울을 보고 자신의 인상이 별로 안 좋으면 마음의 문이 아직 안 열렸다고 생각하세요. 마음의 문이 열리면 업장소멸의 문이 열립니다. 흐린 업은 맑아지고 밝아집니다. 덮여 있는 업은 열리고 막힌 것은 터집니다.

인생이라는
그림자

우리의 일생이란 업의 그림자에 불과합니다.
인생이라는 그림자가 세상을 편력하는 것입니다.

봄이 가면 여름이 오고, 가을이 가면 겨울이 오는 것은 불변
하는 계절의 법칙입니다. 세상 만물 중에 변하거나 부서지지 않고 영
원히 제 모습을 유지할 수 있는 것은 단 하나도 없습니다. 그런데도
사람은 이 당연한 사실을 잘 받아들이지 못합니다. 집착과 어리석음
때문입니다.

사람은 이 세상이 다 무너지더라도 자기만은 늙지 않을 것이라고
생각합니다. 아픈 사람 이야기를 들어도 자신에게는 해당 사항이 없
다고 단정하지요. 더 지독한 사람들은 자기는 늙어서는 안 된다며
건강식품이니 정력제니 하면서 오만 것을 다 먹습니다. 그런 사람들

은 그 과보를 고스란히 받게 되어 있습니다.

인도 비사리국의 부호이자 부처님의 재가제자인 유마거사는 거사의 몸이었지만 부처님의 제자들이 모두 굴복할 정도로 지혜와 덕이 뛰어났습니다. 이처럼 존경받던 유마거사가 병으로 자리에 누웠습니다. 그러자 이렇게 수군거리는 사람들도 있었습니다.

"아니, 밝은 지혜로 깨달음을 얻은 사람이라더니 병은 왜 걸렸을까? 깨달은 사람도 병 앞에서는 어쩔 수가 없는가 보다."

성안의 많은 이가 유마거사에게 문병을 왔습니다. 가만히 누워 있어도 사람들이 찾아왔으니 얼마나 좋은 인연입니까? 유마거사는 문병 온 이들에게 이리 말했습니다.

여러분, 이 몸은 무상한 것이어서 아무리 건강한 몸이라도 결국은 쇠약해집니다. 몸은 괴로움이며, 근심거리이며, 온갖 병이 모이는 곳이기에 지혜로운 사람들은 몸에 의지하지 않습니다. 이 몸은 물보라와 같아서 손으로 잡을 수도 없고, 물거품처럼 바로 사라지며, 아지랑이처럼 애욕의 갈증으로, 그림자와 메아리처럼 온갖 업의 인연으로 생겨납니다. 뜬구름처럼 변하기 쉽고, 번개처럼 한순간도 머물러 있지 않습니다.

우리의 일생이란 업의 그림자에 불과합니다. 마치 골짜기를 향해 고함을 지르면 메아리가 울리듯이, 해가 뜨면 그림자가 비치듯이 인연의 화합으로 '나'라는 그림자가 생깁니다. 또 해가 움직이면 그림자가 따라 움직이듯 '인생'이라는 그림자가 세상을 편력합니다. 이런 사실을 받아들이지 않고 흐르는 세월을 원망하거나 찾아오는 병을 억지로 밀어내려 한다면 결국은 자기만 괴로워질 뿐입니다.

유마거사는 또 다음과 같이 얘기합니다.

불길이 타올라 주변으로 번져나갈 때 중심이 따로 없는 것처럼 이 몸에 자아는 없습니다. 물이 담겨진 그릇에 따라 모양이 바뀌듯이 사람에게 정해진 인격이란 없습니다. 이 몸은 실체가 아닙니다. 이 몸이 텅 빈 것임을 알아 '나'와 '나의 소유'라는 그릇된 견해에서 벗어나야 합니다.

모든 문제가 발생하는 요인은 '나'라고 하는 집착에서 시작됩니다. 다른 사람이 죽을 것처럼 아파도 내 감기만 못하다고들 하지요. '내'가 아프기 때문입니다. 문병을 가면 마치 내가 병에 걸린 양 같이 아파하고 위로한다지만, 사실 내 손톱 밑에 작은 가시가 박혔을 때만도 못한 아픔입니다. 결국은 '이 몸뚱이가 나'라는 집착 때문에 그렇게 늙기 싫고 죽기 싫은 것입니다.

그런데 과연 이 몸뚱이가 '나'일까요? 주춧돌을 놓고, 나무로 틀을 세우고, 진흙을 물에 반죽해 짚과 섞어 벽을 바르고, 지붕을 엮어 기와를 얹은 뒤, 아궁이에 불을 때서 구들을 말렸습니다. 이것을 보고 '집이 생겼다' 또는 '이것이 집'이라고 말합니다. 분명히 눈앞에 집이 있지만, 잘 생각해보면 무엇을 집이라 할 수 있을까요? 나무입니까? 흙입니까? 나무, 흙, 물, 불을 떠나서 따로 '집'이라고 할 만한 것이 있습니까?

　우리의 몸도 마찬가지입니다. 요즘은 과학이 발달하여 수많은 원소와 분자들로 구분하지만 예전에는 땅, 물, 불, 바람, 이 네 가지 요소를 사대(四大)로 분석했습니다. 과연 사대를 떠나서 '나'라고 할 만한 것이 있을까요? 또는 낱낱의 사대를 '나'라고 할 수 있을까요? 없습니다. 또 아무리 눈을 씻고 살펴보아도 사대를 떠나서는 '나'를 찾아볼 수 없습니다.

　마치 돌과 나무, 흙, 물 등으로 결합된 것을 단지 '집'이라는 이름으로 부르듯이, 수많은 인연이 화합된 이 몸을 '나'라고 부를 뿐, 따로 '나'라고 할 만한 실체가 있는 것은 아닙니다. 우리는 '나의 힘'으로 살아가고 있다고 알고 있지만 그것은 착각입니다. 지금 당장 내쉰 숨이 돌아오지 못하거나 들이쉰 숨을 내뱉지 못하면 곧 죽습니다. 잠시라도 인연을 떠나서는 존재할 수 없지요. 그러니 '나'라고 하는 것은 실체가 아니고 '인연의 그림자'임이 분명합니다.

마음에서
일어나는 일

산천초목은 모두 땅에 의지해 자라납니다.
세상 어디에도 허공에 뿌리내린 나무는 없습니다.

우리는 언제 흩어질지 모르는 육신을 붙들고 집착합니다. 살아서 애지중지하는 것이야 그래도 보아줄 만합니다. 그러나 죽어서까지 몸뚱이에 집착하는 것을 보면 이해할 수 없습니다. 사람의 몸은 사흘만 지나면 썩어 문드러지기 시작합니다. 그것을 조금이라도 막아보겠다고 안팎으로 옻칠을 한 관에 꽁꽁 밀봉하고 매장합니다. 그것도 모자라 커다란 분봉에 비석을 세우고 이름 석 자를 큼지막하게 새깁니다.

세월이 흐른 뒤에도 거기 '내'가 남아 있습니까? 흩어지면 한 줌 흙밖에 안 되는 것이 육신입니다. 늙고 병들고 죽는 괴로움에서 벗어나고자 한다면, 늙지도 않고 병들지도 않고 죽지도 않는 법신을 보아야 합니다. 이 몸이라는 것은 껍데기에 불과합니다. 이것은 '참 나'가 아닙니다. 내 진실한 모습은 본래 태어난 적도 없고 따라서 죽을 일도 없는 영원한 것입니다. 애초에 병이나 죽음과는 아무 상관없는 것입니다.

실상을 보아야 합니다. 실상을 보면 받아들일 마음의 여유가 생깁니다. 그래서 공부를 많이 하신 스님들은 임종이 가까워도 마치 길떠나는 사람처럼 여유가 있고, 임종 시에는 때에 찌든 낡은 옷을 벗듯 육신을 가볍게 벗어버릴 수 있습니다. 이런 이치를 알면 몸에 집착할 이유가 없습니다. 다만 부처의 몸을 얻으려 해야 합니다. 부처의 몸은 영원히 변하지 않는 진실한 모습 그 자체이기 때문입니다.

땅에서 만물이 자라나듯이 마음에서 만법이 생기느니라.
따라서 마음이 항상 청정하면 일체지(一切智)가 분명하리라.

산천초목은 모두 땅에 의지해 자라납니다. 세상 어디를 둘러보아도 허공에 뿌리내린 나무는 없습니다. 마찬가지로 세상만사가 복잡다단하고 번뇌망상이 온 천지를 뒤덮으며 짓누르더라도 결국은 '마음'으로 귀결됩니다. 나의 '생각 하나'를 벗어나서는 번뇌도 해탈도 무명도 보리도 없습니다. 모든 것이 '생각' 즉 '마음'에서 일어나는 일들입니다.

한 생각에 무량겁을 두루 관찰하였더니

오는 일도 가는 일도 머무는 일도 없네.

__『법화경』

마음공부의 길

왜 세상 사람 모두는 행복하지 않나요?
왜 어떤 사람은 복을 누리고, 어떤 사람은 벌을 받을까요?

불법 공부의 요점은 중심을 바로잡는 데에 있습니다. 중심이란 바로 마음입니다. 즐거움과 노여움 같은 모든 감정이나 선악, 시비가 모두 내 마음에서 일어나는 것입니다. 이것을 분명히 이해하고 나면, 바깥을 향해서 갈망하며 구하거나 손가락질하며 원망하지 않습니다. 깜짝깜짝 놀라는 것은 중심이 잡혀 있지 않아서입니다.

마음이 경계에 쏠려 있으면 항상 주변에서 무슨 일이 일어날까 긴장하게 되고, 그런 마음으로는 안정이 되지 않습니다. 일체 현상이 마음 하나에서 비롯되었음을 체득한 사람은 천둥 벼락이 코앞에 떨어지더라도 놀라거나 두려워하지 않습니다. 혹시나 스스로 중심을 잡지 못하고 비틀대고 있는 것은 아닌지 항상 점검해보아야 합니다. 물론 처음에는 누구에게나 어려운 일입니다.

범부의 마음은 처음 스케이팅을 배우는 어린아이처럼 미숙합니다. 한 걸음 앞으로 나아가려 용기를 내보다가도 그만 미끄러져 제자리에서 엉덩방아를 찧고 맙니다. 옆에서 조금만 겁주는 흉내를 내도 지레 겁먹고 주저앉거나 미끄러집니다. 우리 중생이 꼭 그런 모양입니다.

우리에 비하면 성인들은 피겨스케이팅 선수들과 같습니다. 얼음판 위에서 온갖 재주를 부리지만 넘어지는 일이 없습니다. 넘어지기는커녕 도리어 아슬아슬한 장면들을 연출하면서 자유자재로 스케이트를 탑니다.

사바세계에서 살아가는 사람 대부분은 육체나 정신이 허약하기 마련입니다. 바람에 갈대가 나부끼듯이 누가 "이것 좋더라" 하면 금방 귀가 솔깃해서 그쪽으로 달려가고, 또 "저게 좋더라" 하면 저쪽으로 달려갑니다. 조금만 힘들 것 같으면 제풀에 겁먹고 포기해버립니다. 누가 귀에 거슬리는 소리 한마디라도 하면 그걸 참지 못해 소란을 피웁니다. 백 년이 아니라 천 년, 만 년을 산다고 해도 평화나 안정을 바랄 수 없는 삶입니다.

예전에 저희를 가르쳤던 노스님께서는 제자들이 정신을 집중하지 않거나 말귀를 알아듣지 못하면 "저놈은 꼭 얼음판에 넘어진 소 같다"는 말씀을 곧잘 하셨습니다. 소가 얼음판에서 미끄러졌다고 상상해보세요. 어떻게 일어서야 할지 몰라 네 다리를 버둥거리고, 너무

놀라 흰자위가 드러나도록 눈을 크게 뜰 것입니다. 정신을 바짝 차려야 합니다. 뭐가 뭔지 몰라 멀뚱거리는 신세가 되어서는 안 됩니다.

범부들의 눈으로 바라볼 때, 이 세상은 크게 선과 악, 죄와 복으로 구분할 수 있습니다. 선을 지으면 복을 받고 악을 지으면 죄를 받겠지요. 그런데 선이란 과연 무엇이며, 악이란 무엇일까요? 왜 세상 사람 모두는 행복하지 않고 어떤 사람은 복을 누리고, 어떤 사람은 죄와 벌을 받는 것일까요? 과연 선과 악의 구분은 어디서 나온 것이고, 왜 죄와 복의 차별이 생기는 것인지 의문을 한번 품어볼 만합니다. 현실 속에서 얽히고설킨 매듭을 단칼에 베어버리자는 이야기입니다.

언제나 답은 문제 안에 있습니다. 실을 꼬아서 만든 매듭은 양쪽 끝에서 아무리 세게 밀고 당겨도 풀어지지 않습니다. 도리어 더 단단히 죄어질 뿐입니다. 매듭을 풀 때는 반드시 매듭진 곳에서 풀어야 합니다.

사람의 일도 마찬가지입니다. 사람의 마음속을 들여다보면 실이 꼬여 뭉쳐 있듯 여기저기 응어리진 부분이 한두 군데가 아니지요. 때로는 악한 마음이 똘똘 뭉쳐 터질 기회만 노리고 있는 부분도 있고, 자기는 착하고 좋은 일만 하는 사람이라는 자만심이 똘똘 뭉쳐 있는 부분도 있으며, 죄의식에 사로잡혀 스스로를 책망하고 괴롭히는 부분도 있습니다. 그렇게 마음속에 맺힌 매듭들은 결국 자기 자신을 스스로 옭아매는 동아줄이 되고 그 줄은 쉽게 풀리지 않습니다.

사람들은 문제가 밖에 있다고 여깁니다. 그래서 밖에 있는 무엇인가를 해결하여 마음이 흡족해지려고 애를 씁니다. 그러나 그것은 가능하지도 않을뿐더러 그런 식으로는 문제가 해결되지 않습니다. 밖에 있다고 여기는 문제는 결국 내 마음에서 나온 것이기 때문입니다. 그러니 문제를 해결하려면 먼저 내 마음을 해결해야 합니다.

허공에 핀 꽃

허망한 것인 줄을 분명히 알고 가만히 내버려두면
허공에 핀 꽃은 저절로 사라지기 마련입니다.

　　손가락으로 눈을 한번 비벼보면 눈앞에 뭔가가 아른아른하지요. 이것을 공화(空華), 즉 '허공의 꽃'이라고 합니다. 이 꽃은 실제로 있는 것이 아니라, 눈병이 나거나 또는 눈을 비볐을 때 마치 있는 듯이 보이는 것입니다. 그런데 공화에 집착하여 그 아름다움에 감탄하고, 갖고 싶다는 욕망을 느끼며, 왜 손에 잡히지 않는지 애태운다면, 제정신이 아닌 것이지요. 또는 가짜니까 없애버린다면서 자꾸 눈을 비비면 공화는 없어지기는커녕 점점 더 많아질 것입니다.

　　우리 마음도 마찬가지입니다. 온갖 근심걱정이 밖에서 나를 짓누르는 것 같지만 실상은 마음을 속여 허공에 핀 꽃이 나타난 것입니다. 허망한 것인 줄을 분명히 알고 가만히 내버려두면 '허공에 핀 꽃'은 저절로 사라지기 마련입니다. 이것이 바로 마음을 청정하게 유지하는 것이지요. 이런 지혜가 생기면 해탈과 열반을 멀리서 찾을 필요가 없습니다. 그런 사람에게는 곳곳이 해탈문이고 어디든 열반문입니다.

지식이 많다고 극락에 가고 해탈하는 것이 아닙니다. 아는 것만 많고 지혜가 없으면 복잡하기만 하지 전혀 도움이 되지 않습니다. 많이 배우되 심지를 잘 정리할 줄 알아야 하고, 인격을 닦을 줄 알아야 합니다. 마음이 청정한 도인들의 생활은 단순하고 명쾌합니다.

불법이란 복잡한 것이 아닙니다. 지금 당장에 일어나는 일들을 마음으로 꿰뚫어 한 손아귀에 움켜쥐게 되면 시끌벅적하던 것이 너무나도 밝고 분명해집니다. 그러니 도인은 산중에 있든 시끄러운 시장통에 있든 그곳이 어디든 항상 고요하고 청정합니다.

그런데 마음으로 껴잡는 일이 그리 쉽지는 않습니다. 그래서 염불하고 기도하고 참선하는 것입니다. 우리에게는 익혀온 습관이 있고 그것이 단단히 굳어버린 상태입니다. 그래서 뚫으려 해도 잘 뚫리지가 않습니다. 염불을 하고 화두를 들려 해도 자꾸만 생각이 흩어지고 달아나버려요. 청춘들은 애인 생각, 남자들은 사업 생각, 주부들은 자식 생각 등등 자신에게 익숙한 곳으로 달아납니다. 자기가 지은 업에 스스로 갇히는 것입니다. 나이가 든 사람일수록 이 껍질이란 게 더 단단해집니다.

이미 단단하게 굳어버린 습관의 껍질을 뚫으려면 여간 힘을 써서 되질 않습니다. 염불을 할 때나 참선을 할 때나 마음을 응집시켜서 해야 합니다. 옛날 송도삼절의 하나로 꼽혔던 화담 선생도 풀리지 않는 문제가 있으면 종이에 써서 벽에 붙여놓고 풀릴 때까지 뚫어져라 쳐다보았다고 합니다.

불법 수행도 마찬가지입니다. 마음을 응집시키지 않고서는 힘을 얻을 수가 없습니다. 참선하고 기도해서 어느 정도 마음이 맑고 고요해졌다고 해도, 힘을 얻지 못하면 고요함을 오래 유지시키지 못합니다. 내가 지극히 좋아하는 일을 만난다거나 지극히 싫어하는 일에 부딪히면 업습이 다시 발동하는 거지요. 이때는 화두고 염불이고 어디론가 가고 없습니다. 좋은 일엔 좋아서 어쩔 줄을 모르고, 싫은 일엔 불같이 역정을 내게 됩니다.

수행을 할 때는 죽음을 불사하고 오로지 그것에만 매진해야 하는 법입니다. 힘을 얻게 되면 어떤 곳에 있고 어떤 상황에 있든 주인공의 자리를 놓치지 않게 됩니다. 이 힘이 더욱 깊어져 늘 그 자리에 있게 되면 이를 일러 오매일여라 하는 것입니다.

현실을 떠난
진리는 없다

백 척의 기다란 장대 끝에서 한 걸음 내디뎌야만
시방의 모든 세계에 온몸을 놓아두리라.

법문을 시작하기 전에 입정(入定)을 합니다. 입정이란 마치 그릇을 비우는 과정과 같습니다. 그릇이 이미 가득 차 있으면 다른 것을 담을 수 없습니다.

새로운 것을 담으려면 기존에 있던 것을 깨끗이 비워버려야 합니다. 물이 가득 담겨 있는 그릇을 흔들거나 휘젓는다면 물결이 일어나겠지요. 이런 물결이 바로 우리 마음속 번뇌입니다. 하늘에 보름달이 둥글고 환하게 떠 있다고 하더라도 그릇에 담긴 물이 흔들리면 달의 모습이 온전히 비쳐지지 않습니다. 그러므로 법문을 들을 때는 몸과 마음을 가만히 좌정하고, 모든 생각을 내던져야 합니다. 그래야 부처님의 말씀을 새롭게 가슴에 담을 수 있습니다.

　백 척의 기다란 장대 끝에 앉은 사람이여
　비록 들어가기는 했으나 진실하지 못하도다.
　백 척의 기다란 장대 끝에서 한 걸음 내디뎌야만
　시방의 모든 세계에 온몸을 놓아두리라.

　장사경잠(長沙景岑)선사의 「백척간두송」입니다. 이 글은 수행자들에게 공부의 끝을 보여주는 본보기입니다. 참선하는 사람, 기도하는 사람들은 '금생에 이 참선을 끝내야 되겠다', '이 기도의 행을 마쳐야 되겠다' 하는 결심을 단단히 해야 합니다. 이렇듯 결연히 뜻을 세우면 한 발 앞으로 내디딜 수도, 뒤로 물러설 수도 없는 절박한 처지에 봉착하게 됩니다.

　이런 상태를 '백척간두(百尺竿頭)'라 합니다. 뒤로 물러서자니 천길 벼랑이요, 앞으로 나아가자니 만길 나락이라, 그렇다고 머물러 있자니 발 디딜 땅 한 뼘 없는 이런 상황에 처하게 되면 '이렇게 해야 옳다'거나 '저렇게 해야 옳다'고 생각할 겨를조차 없어집니다. 그런 생각들은 모두 쓸데없는 말장난에 불과한 것이지요. 오직 마음속에는 '어떻게 해서든 기필코 살아야겠다'는 일념뿐입니다.

　신념이 약하면 시련이 닥칠 때 지레 겁을 먹고 미리 좌절해버리거나, 그렇지 않으면 상대방에게 허물을 전가하면서 세상을 원망합니다. 어떤 수단과 방법을 강구해서라도 절박한 상황을 회피하고 책임지지 않으려고 합니다. '죽을힘을 다해 어떻게 해서든 이 어려움을 뚫고 나아가야겠다'고 생각하기는 쉽지 않습니다.

인간의 병에는 두 가지가 있습니다. 하나는 밖에서 들어오는 병이고, 다른 하나는 안에서 생기는 병입니다. 밖에서 들어온 병은 곧 육체가 병드는 것입니다. 또 안에서 생기는 병은 바로 정신, 즉 마음이 병드는 것입니다. 불법이란 바로 이 마음의 병을 치료하는 약입니다. '탐욕'과 '어리석음'에서 일어나는 병을 치료하는 것입니다.

병에 걸린 환자는 의사가 처방하는 약을 먹어야 하듯이, 중생은 반드시 불법을 배워 병을 치료해야 합니다. 불법을 깨닫고 보면 더 이상 어리석은 짓을 하지 않게 됩니다. 지금 있는 그대로가 진리이기 때문입니다. 이미 펼쳐진 이 세상 그대로가 바로 진리를 현현하고 있는 것인데, 따로 구하고 찾을 일이 없기 때문입니다.

그래서 중생병을 치료하려면 반드시 불법을 배워 마음공부를 하라는 것이고, 스님들에게는 세상을 보며 도를 닦으라고 하는 것입니다. 예전에 스님들이 탁발을 한 것도 다 이런 이유에서였습니다. 현실을 떠나서는 진리가 없기 때문입니다.

지금의 나는
누구인가

극락은 본래 정해진 주소가 없습니다.
극락과 지옥은 우리 자신이 만들어내는 것입니다.

불교의 궁극적 목적은 열반을 얻는 것입니다. 열반은 모든 번뇌가 소멸된 경지를 말합니다. 번뇌와 업을 어떻게 소멸시킬 수 있을까요? 마음을 거둬들여야 합니다. 번뇌, 망상, 업이라는 것은 마음이 바깥으로 헤매면서 뒤죽박죽 천방지축으로 어지러워져 있는 것입니다. 무수한 세월 동안 저질러놓은 업들을 해결하는 방법이 무엇일까요? 마음이 돌아다니며 저질러놓은 일이니 마음만 거두어들이면 됩니다.

잠자다 악몽을 꾸면 어떻습니까? 옆에 깨워줄 사람이 있으면 몰라도 식은땀을 흘리면서 죽을 고생을 하지요. 이런 꿈에서 깨어나는 것을 불교에서는 깨닫는다고 말합니다. 인생은 꿈과 같은 것인데 우리는 깨어나지 못하고 있습니다. 선지식이 깨어나라, 깨어나라 해도 잘되지 않습니다. 깨어나려면 늘 염불하고 화두를 챙기면서 나간 마음을 거두어들여야 합니다.

물론 결코 만만찮은 일입니다. 적당히 해서는 어림도 없습니다. 그렇다고 멈추거나 주저앉아서는 아무것도 이루지를 못합니다. 삶의 고뇌는 우리 마음이 일으킨 것입니다. 고뇌를 거두어들여야 세상이 보이고 세상살이 문제가 보입니다. 고뇌에 잠겨 있기만 하면 길이 잘 보이지 않고 혼란스러울 뿐입니다. 하늘이 무너지더라도 신경 쓰지 말고 염불하는 사람은 오로지 염불만 하고, 참선하는 사람은 오로지 화두만 챙기십시오. 그러면 해결 방법이 나옵니다.

극락은 본래 정해진 주소가 없습니다. 지옥 또한 정해진 주소가 없습니다. 고뇌를 일으키면 지옥이 되고 고뇌가 가라앉으면 극락입니다.

어느 날 한 외도(外道, 불교 이외의 종교를 믿는 이를 일컫는 말)가 부처님께 열반의 이치를 따져 물었습니다.

"당신네들은 자꾸 입만 열면 열반과 극락을 찾는데, 도대체 어떻게 된 이치입니까? 당신의 제자들은 다 극락을 가게 됩니까?"

그러자 부처님께서 이렇게 답하셨습니다.

"가는 사람도 있고 못 가는 사람도 있소."

외도가 다시 물었습니다.

"열반도 있고 가는 길도 있다면서 어째서 못 가는 사람이 있는 것입니까?"

"내가 되묻고 싶은 말이오. 당신이 살던 곳이 어디시오?"

외도가 답했습니다.

"마가다국입니다."

"그럼 그곳으로 갈 수도 있고 그곳에 대해 남에게 설명할 수 있겠소?"

"그렇습니다."

"그런데 그 말을 듣고도 안 가면 누구 잘못이겠소?"

"듣고도 안 가는 그 사람의 허물이겠지요."

"마찬가지오. 나는 분명히 열반을 증득해서 열반을 알고 있기에 제자들에게 열반을 가르치기 위해 이 세상에 왔소이다. 제자들 가운데 내 말을 듣고 이해한 사람은 열반에 드오. 그러나 내 말을 듣고 이해도 하지 못하고 가지도 않는다면 이것은 나의 허물이 아니오. 열반이 있고 열반으로 가는 길도 있고 열반에 든 사람도 있지만 가지 않는 사람은 어쩔 도리가 없다오."

마음의
밭갈이

산중의 절집만 도 닦는 장소가 되는 게 아닙니다.
시장판이나 안방도 도 닦는 장소가 될 수 있습니다.

부처님께서 하루는 탁발을 하시다가 밭을 갈려고 나가려던
농부와 마주쳤습니다. 외도인 농부는 부처님을 골탕 먹이려고 벼르
고 있었습니다. 세상 사람들은 열심히 농사를 지어서 먹고사는데 베
짱이처럼 탁발로 해결하는 스님들을 마땅찮게 여겨왔던 참에 마침
부처님과 마주친 것입니다. 농부가 물었습니다.

"우리는 일을 해서 먹고사는데 당신도 그래야 하지 않겠소?"

"나도 당신처럼 밭을 갈고 씨를 뿌려 먹고산다오."

"도대체 당신의 소와 쟁기와 씨앗은 어디에 있소?"

"당신은 땅을 갈지만 나는 마음의 밭갈이를 하오."

부처님 말씀을 듣고 농부는 자신의 생각이 얼마나 모자랐는지 뉘우쳤습니다. 그러곤 지게를 내던지고 부처님께 공양을 올렸습니다.

사람들은 살기 바쁜 세상에 진리고 뭐고 생각할 겨를이 없다고 하지요. 그러나 과연 지금 신경 쓰는 일이 정작 혼비백산할 때 서 푼어치나 도움이 될지 모르겠습니다. 세상의 바른 이치, 즉 진리에 대한 확신이 진정한 믿음입니다. 이 믿음은 내가 뿌리는 씨앗에 해당됩니다. 진리를 믿지 않는다는 것은 씨종자가 없는 농부와 똑같습니다.

부처님은 진리, 이치를 믿으라고 했지 부처님을 믿으라고 하지 않았습니다. 그래서 "내가 설한 법은 이 세상의 원리다. 이 법으로 자기를 밝혀나가는 원리로 삼아라. 이 법을 닦을 자는 오직 본인밖에 없다"는 말씀을 유언으로 남겼습니다. 법을 등불로, 자기 자신을 등불로 삼으라고 하셨습니다.

진정한 믿음은 사물의 이치에 대한 확고부동한 깨우침에서 나오는 것이지 다른 사람들을 따라 몰려다니면서 얻어지는 게 아닙니다. 세상을 살면서 열심히 모은 것들이 죽을 때 무슨 의미가 있을지를 생각해보십시오. 바쁘다고 정신없이 살다가 어느덧 삶을 마무리해야 하는 게 인생살이입니다. 부처님께서는 "지혜로 마음의 밭갈이를 해야 된다. 나는 그렇게 해서 진리와 평안을 수확한다"라고 하셨습니다.

도는 선과 악을 뛰어넘는 한없이 높은 차원입니다. 세상을 살면서 조금씩 선행하는 것으로 도를 통하기는 어렵습니다. 반대로 악업을 지은 사람이라고 해서 도를 통하지 못하는 것도 아닙니다. 악은 어리석은 마음에서부터 시작됩니다. 이것을 미망이라고 합니다. 어리석은 마음은 반드시 허망한 생각을 일으키는데, 그 허망을 좇다 보면 악행을 저지르게 됩니다.

도를 닦는다는 것은 어리석은 탓에 꿈을 좇는 마음을 깨부수는 것입니다. 그래서 어리석은 생각을 하다가도 '이게 아니다' 싶으면 툴툴 털고 일어나야 합니다. 그러면 그 자리가 도 닦는 자리가 됩니다.

산중의 절집만 도 닦는 장소가 되는 게 아닙니다. 시장판이나 안방도 얼마든지 도를 닦는 장소가 될 수 있습니다. 중요한 것은 선행입니다. 선행을 자꾸 하다 보면 어리석음이 없어집니다.

선악을 뛰어넘은 마음

선도 악도 생각하지 않을 때
어느 것이 진정한 그대 마음인가.

선종의 육조이신 혜능선사는 행자의 신분으로 오조 홍인대사에게 법을 받았습니다. 오조의 법통과 의발이 방앗간에서 잡일을 하던 행자 혜능에게 전해졌음을 알게 된 대중은 가사와 발우를 빼앗기 위해 혜능스님을 뒤쫓았지요. 어리석은 대중은 어떻게 해서든 의발만 빼앗아 오면 법통을 되찾을 수 있다고 생각한 것입니다.

사방으로 흩어진 대중 중에서 힘이 장사인 혜명스님이 혜능선사를 발견했습니다. 혜능선사는 하는 수 없이 발우와 가사를 바위에 올려놓고 몸을 숨겼습니다. 그런데 이상한 것이, 혜명스님이 아무리 발우를 들려고 해도 발우가 그 자리에 딱 붙어 떨어지지 않는 것입니다.

그러자 혜능선사가 모습을 나타내어 혜명스님에게 말했습니다.

"이 가사와 발우는 부처님이 전하시어 달마대사에게로, 그리고 내게까지 왔다. 이것은 힘으로 다툴 물건이 아니다. 오직 법을 전한다는 증표다. 어찌 그대는 힘으로 이것을 빼앗으려 하는가?"

그러자 혜명스님이 대답했습니다.

"나는 이 물건을 빼앗으러 온 게 아니라 법을 위해 왔다."

그 말을 듣고 혜능선사가 물었습니다.

"선도 악도 생각하지 않을 때 어느 것이 진정한 그대 마음인가?"

발우와 가사를 위해서 왔다면 악이고 법을 위해서 왔다면 선인데, 어느 것이 진정한 마음인가를 물은 것입니다. 그 말을 듣고 크게 깨닫게 된 혜명스님은 큰절을 올리며 혜능선사의 제자가 되겠다고 했습니다.

진정한 도의 원리는 무엇입니까? 보통 사람은 선을 좇아가고 고약한 사람은 악을 좇아갑니다. 우리가 누군가를 두고 좋다 나쁘다 평하는 것은 선을 좇느냐 악을 좇느냐를 기준으로 삼는 것입니다. 결국 우리 모두는 선과 악 속에서 헤매며 살고 있습니다. 선과 악을 모두 뛰어넘어야 진정한 성인이 됩니다.

어리석음을
끊으면

자손들은 저마다 제 복을 타고 나니
후손을 위한답시고 마소 노릇은 그만두소.

전생에는 그 누가 나였으며 이 세상에 태어난 뒤의 나는 누구
인가? 어른이 되어서 겨우 나라는 존재를 알았더니 눈 감고 몽롱해
하는 나는 도대체 누구인가?

_순치황제

중국 순치황제가 열여덟 해 동안 임금 노릇을 하다가 어느 날 자
기 자신을 돌이켜보며 읊은 게송의 한 구절입니다. 삼만 육천 날을
살아도 바깥으로 헤매고 돌아다니다 보면 참선하는 스님들의 반나
절에도 미치지 못한다는 생각을 밝히고 있습니다.

순치황제는 전생에 인도의 수도승이었을 때 백성이 폭정에 시달리는 모습을 보고 '내가 왕이라면 백성을 위해 제대로 정치를 할 텐데……' 하는 찰나의 원력으로 황제가 되었다고 합니다. 그는 여섯 살에 등극하여 삼 대 황제로 십팔 년간 재위한 뒤 황제 자리를 버리고 출가한 것으로 알려져 있습니다. '백년의 세상일이 하룻밤 꿈에 불과하고 영토를 넓히려고 만리강산을 다니던 일이 바둑 한 판과 같구나' 하고 생각한 것입니다.

자손들은 저마다 제 복을 타고 나니 후손을 위한답시고 마소 노릇은 그만두소. 수많은 영웅호걸들 동서남북 저 흙밭에 누워 있네. 십팔 년 황제 생활 하루도 편한 날 없으니, 모든 것 내려놓고 입산출가해서야 이제야 벗어났네.

_순치황제

순치황제도 왕의 자리를 버리면서 아까워 망설일 것이 없습니다. 우리의 일생은 전생에 지은 업보대로 전개되어갑니다. 내생은 금생의 영향을 받습니다. 부처님께서는 "전생의 일이 궁금하거든 금생에 받고 사는 모습을 보고, 내생이 궁금하거든 금생에 짓고 있는 행위를 돌아보라"고 하셨습니다.

악을 끊으면 어리석음이 끊어지고 어리석음이 끊어지면 마음이 열립니다. 한 가지라도 좋은 일을 하다 보면 마음은 편안해지고 세상의 업은 정리가 되어갑니다. 그것이 시작이고 큰 공덕이 되는 것입니다.

해탈의
맛

욕심 없이 살아가는 수행자들에게는
저절로 얻게 되는 즐거움이 있습니다.

"같은 나무 아래에서 사흘 이상 머물지 말라." 애착과 집착이 생기기 때문입니다. 수행자에게 '나의 것'이란 있을 수 없습니다. 굳이 소유물이라고 한다면 옷 한 벌, 바리때 하나, 지팡이 정도겠지요. 이것이 수행자의 살림살이입니다. 철저한 무소유로 머물다가 갈 때는 걸망 하나 메고 지팡이 하나 짚고 가볍게 떠납니다.

세속의 삶에서 가난과 궁핍은 고난의 상징입니다. 그러나 도는 몸이 가난할 때 열립니다. 정말 가난한 사람은 몸이 가난한 이가 아닙니다. 마음이 황무지 같고 기갈이 든 사람이 마실 물을 찾듯 항상 무언가를 갈구하고 두리번거리며 만족을 모른다면, 그가 정말 가난한 이입니다.

고인이 말씀하기를 "혀만 내밀면 안개를 맛볼 수 있다"고 하셨습니다. 애착에 머물지 않고 욕심 없이 살아가는 수행자들에게는 애써 구하지 않더라도 저절로 얻게 되는 즐거움이 있습니다. 열반의 즐거움이고 해탈의 맛입니다. 오욕(五慾, 재욕·색욕·명예욕·식욕·수면욕)을 즐기는 맛에 길들여진 세속의 혀로는 알 수 없는 맛입니다.

부처님과 중생의 관계는 부모자식과도 같습니다. 부처님의 마음은 말 안 듣고 속 썩이는 자식을 둔 어버이와 같은 심정입니다. 갖가지 근심걱정과 두려움으로 가득한 세계, 즉 삼계는 불에 활활 타고 있는 낡은 집과 같고, 그 속에서 오욕의 즐거움에 정신이 팔려 그것만 좇고 있는 중생은 집에 불이 난 것도 모르고 놀이에만 빠져 있는 아이들과 같습니다.

나고 늙고 병들어 죽으며, 근심하고 슬퍼하고 고통받고 고뇌하는 어리석은 중생을 삼독(三毒, 탐욕·성냄·미혹)의 불에서 구하고자 하시는 부처님은 불난 집에서 아이들을 구해내려 애쓰는 큰 부자입니다. 부자가 아이들을 구하기 위해 방편을 썼듯이 부처님께서도 어리석은 중생을 위해 온갖 말씀을 하셨으니, 바로 팔만사천법문입니다.

행복의 세계로 가는 문은 늘 활짝 열려 있고, 부처님께서는 항상 손을 내밀어 이끌어주십니다. 그러나 그것을 믿으려 하지 않는 어리석은 중생을 보면서 부처님은 안타까우셨을 것입니다. 이런 부처님의 절절한 안타까움을 『법화경』「신해품(信解品)」의 '장자궁자유(長者窮子喩)'에서 찾아볼 수 있습니다.

무진장한 재물을 지닌 큰 부자는 바로 부처님이며, 어릴 때 집을 잃고 떠돌던 아들은 우리 중생입니다. 무명에 가리고 욕망에 휘둘리는 중생은 자기가 부처님의 아들이고 당연히 부처가 될 몸이라는 사실을 도무지 믿으려 하지 않습니다. 스스로 하찮고 비천한 몸이라고만 생각합니다. 부자가 아들을 억지로 집으로 데려오는 것처럼, 네가 바로 성불할 몸이라고 일러주어도 처음에는 믿지 않습니다.

중생은 자신이 집착과 욕망에 더럽혀져 있음을 전혀 깨닫지 못합니다. "네가 걸치고 있는 욕망과 집착은 더럽고 냄새나는 옷과 같다"고 알려줘도 믿지 않습니다. 그뿐 아니라 그 추레한 옷이 없으면 무슨 큰일이라도 날 것처럼, 그런 말을 해주는 사람을 비난하고 이상한 눈빛으로 바라봅니다.

말과 생각이 비슷하고 처지가 비슷한 사람을 친근하게 생각하는 것도 중생의 업입니다. 그나마 선근(善根, 좋은 자질을 갖춘 바탕의 뿌리)이 조금이라도 있는 사람들은 옳은 말이라고 인정하면서도 감히 자신은 할 수 없는 일이라며 두려워하고 멀리합니다. 그러면서 괴로워하지 않아도 될 일을 괴로워하고 두려워하지 않아도 될 일을 두려워하고 불안해하지 않아도 될 일을 불안해하며 하루하루 살아갑니다.

우리의 인생살이를 살펴보면, 집을 나가 구걸하고 품을 팔며 삶을 연명했던 부자의 아들과 다를 바 없습니다. 날마다 남의 집 앞을 기웃거리며 행복과 편안함과 만족을 찾아 이리저리 돌아다니지만 별로 신통한 일은 없습니다. 이따금 행복이 찾아온 것처럼 느껴질 때도 있지만 한순간의 행복과 만족은 덫이 되어 불행과 불만을 불러

올 뿐입니다. 나날이 지쳐가고 앞날의 일을 알 수 없는 암담함에 편안한 잠도 이룰 수 없습니다.

아들에게 영원한 휴식처가 되는 곳은 애타게 아들을 기다리는 아버지가 있는 집뿐입니다. 중생도 마찬가지입니다. 온 세상을 구석구석 뒤져봐도 영원한 행복, 영원한 평안의 땅은 없습니다. 중생에게 진정한 휴식처가 되는 곳은 오직 부처님의 가르침 안에 있습니다.

공덕과
복덕

복덕이란 노력한 만큼 수확하게 됩니다.
하지만 공덕이란 영원불변한 것입니다.

흔히들 선행을 많이 하는 것을 공덕을 쌓는다고 합니다. 물론 선행을 베풀면 그에 따른 좋은 과보가 오는 것도 사실입니다. 아무리 복덕을 많이 지었다고 하더라도 때가 되면 다하는 날이 있기 마련입니다. 그러나 진정한 공덕이란 영원토록 변하지 않습니다. 그러므로 공덕과 복덕을 구분해서 생각할 필요가 있습니다. 공덕이란 바로 진리를 깨닫는 일입니다. 열심히 수행정진하는 것이 공덕, 즉 영원한 복장(福藏)을 쌓는 행위가 되는 것이지요.

이것을 보여주는 사례가 바로 양무제와 달마스님의 일화입니다. 중국 양나라 무제는 도교를 물리치고 천하에 칙령으로 사찰을 건립

하고 많은 승려에게 도첩을 내려 불법을 널리 펴려 했던 사람입니다. 아마 중국 역사상 가장 많은 절을 짓고 탑을 조성하며 부처님을 모신 사람일 것입니다. 달마스님이 인도에서 중국으로 건너와 무제를 알현하자 그가 물었습니다.

"짐은 사찰을 일으키고 많은 스님에게 도첩을 내렸는데, 무슨 공덕이 있겠습니까?"

말이 떨어지기가 무섭게 달마스님이 대답했습니다.

"공덕이 없습니다."

요즘 같으면 덕담이랍시고 입에 침이 마르도록 칭찬하고 찬양했겠지만 달마스님은 딱 잘라서 "없다!"고 했습니다. 왜 없다고 대답하셨을까요? 굳이 말하자면 복덕이라고 할 수 있습니다. 하지만 공덕과 복은 개념이 다르다는 것입니다.

복이란 열매를 수확하는 것과 같습니다. 열심히 곡식을 가꾸면 정성 들이고 노력한 만큼 수확하게 되지요. 하지만 공덕이라는 것은 영원불변한 것이거든요. 그래서 달마스님께서는 무제가 지은 선업이 영원불변한 것은 되지 못한다는 뜻에서 "없다"고 말씀하신 것입니다.

좋은 나무를 가려서 절을 지으면 적어도 오백 년은 간다고 합니다. 하지만 결국은 허물어지지요. 부처님을 조성하여 모신다 해도 불상을 영원히 보존할 수는 없습니다. 탑도 아무리 잘 쌓는다고 해도 세월이 흐르면 무너지게 되어 있습니다.

사람 몸뚱이도 마찬가지입니다. 좋다고 하는 것 다 먹이고 더위와

추위로부터 지극정성으로 보살펴더라도 결국은 무덤 속 한 줌 흙으로 사라져버립니다. 우리가 눈으로 보고 손으로 만질 수 있는 모든 것들, 느끼고 즐길 수 있는 모든 복덕은 결국 시한부라는 얘기입니다. 언젠가는 사라지게 되는 법입니다.

그렇다고 복을 짓지 말라는 말이 아닙니다. 지어놓은 복이 많아야 세상살이가 수월한 법입니다. 또한 큰일을 도모하려면 무엇보다 복이 있어야 합니다. 아무리 머리가 좋고 재주가 뛰어난 사람이라 하더라도 복이 없으면 그 뜻을 이루지 못하고 좌절하게 되어 있습니다. 그러므로 선행 또한 부지런히 닦아야 하지요.

무엇보다도 중요한 것이 바로 마음가짐입니다. 마음 밖에 고난이나 행복이 따로 있지 않습니다. 있고 없음, 옳고 그름, 선과 악 일체의 분별은 생각 위에 세워지는 것입니다. 천당과 지옥도 중생의 한 마음 위에 세워지는 것이며, 범부와 부처 또한 한 마음을 어떻게 쓰느냐에 달린 것입니다.

스스로를
진정 위하는 일

심지란 공덕의 바탕이 되는 마음자리입니다.
마음자리를 회복하는 것이 바로 수행입니다.

법당이 지어진 땅은 애초에 법당 자리로 정해져 있었을까요?
땅에는 본래 그런 것이 정해져 있지 않습니다. 지금 당장이라도 법당
을 헐고 돼지우리를 지으면 돼지우리 터가 되지요. 반대로 돼지우리
도 헐어버리고 법당을 지으면 도량이 됩니다. 이처럼 중생의 마음도
무엇을 세우느냐에 따라 부처가 되기도 하고 중생이 되기도 합니다.

우리에게 한시라도 급한 일은 바로 대지와도 같은 심지를 회복하
는 일입니다. 심지란 바로 무량한 공덕의 바탕이 되는 마음자리이며,
마음자리를 회복하는 것이 바로 수행이고 공덕을 쌓는 길이 되는 것
입니다.

세상 사람 중에는 재주가 출중한 사람인데도 마땅한 대접을 받지 못하고 살아가는 사람이 있습니다. 이런 사람들은 복을 짓지 않아서 그런 것입니다. 부처님께서는 삼계의 대도사로 더 바랄 것이 없는 분이셨지만 몸소 복을 짓는 일에 게으르지 않으셨습니다.

부처님께서도 복 짓기를 게을리하지 않으셨는데, 우리가 조그마한 지혜나 학식, 재주만을 믿고 복 짓기를 게을리하면 안 됩니다.

무엇을 해야 할지 분명히 아는 사람은 생활에 힘이 넘칩니다. 이것을 할까 저것을 할까 망설이는 일도 없고, 할 일이 없어 무료해하는 법도 없으며, 또한 남의 말에 끌려다니는 일도 없습니다. 이런 사람은 누가 보든 보지 않든 스스로 알아서 부지런히 정진합니다. 남을 위해서 정진하는 것이 아닙니다. 스스로를 위해 복을 짓고 지혜를 닦는 것이지요.

남을 위해서 불법을 배우고 선업을 닦으라는 것이 아닙니다. 사람의 목숨이란 이른 아침 풀잎 끝에 맺힌 이슬과 같아 언제 사라질지 모르는 것입니다. 우리 자신을 위해 영원한 공덕과 복덕을 지으며 열심히 정진합시다.

진정한 복은
어디에서 올까

근본적인 해결책은 큰 생각을 내는 것입니다.
자기 양심, 즉 바른 마음을 살펴보는 것입니다.

선업과 악업을 짓는 것에는 차이가 있습니다. 사람들 대부분
은 행동은 하지 않고 입과 생각만으로 선업을 지으려 합니다. 그래
서 공덕은 쌓이지 않습니다. 반면에 악업은 시도 때도 없이 생각과
입으로 저지를 뿐 아니라 몸도 곧바로 따라가지요. 다시 말해 선업
은 생각과 입으로만 짓고, 악업은 생각과 입에다가 행동까지 합쳐 저
지릅니다. 그런 만큼 악업은 더 커지고 단단해져서 없어지지 않습니
다. 실수로 짓든 몰라서 짓든 그와 상관없이 과보는 없어지지 않습니
다. 천지가 무너져도 우리가 지은 업은 사라지지 않는 것입니다.
그러면 어떻게 해야 좋을까요? 임시변통으로 우선 악업을 받지 않

을 한 가지 방법이 있습니다. 지은 악업을 틀어막거나 덮어버리면 나중에 받을지언정 일단은 면할 수 있습니다. 다급한 대로 해결할 수 있는 방법이 있는데, 그것이 선업입니다. 선업을 자꾸 지으면 불운이 다가오다가도 멈춥니다.

근본적인 해결책은 큰 생각을 내는 것입니다. 많은 악업의 뿌리를 잘 생각해봐야 합니다. 자기 양심, 즉 바른 마음을 살펴보라는 뜻입니다. 그러면 한없는 악업이 우리의 어리석음과 집착에서 나온다는 것을 알 수 있습니다.

자기 습관대로 저지르는 이런 악업을 없애는 치료법이 있습니다. 예를 들어 살생계를 많이 어겼다면 뭇 생명을 살려주는 방생이나 생명을 보살피기 위한 자선활동 같은 것을 하면 됩니다. 적은 돈이라도 성심껏 희사하면 큰 복업을 짓는 것이지요.

여기서 한 걸음 더 나아가 근본적인 치료를 해야겠다는 생각도 잊어서는 안 됩니다. 나뭇가지는 줄기에 의지하고 줄기는 뿌리에 근거를 두고 있습니다. 그러니 결국 뿌리를 치료해야겠지요. 인생 장애의 업은 각자의 몸과 입과 생각이 합작해서 저지른 것입니다.

"지혜와 자비심을 바탕으로 말과 행동과 생각을 바르게 하라." 이것이 우리가 수행을 시작하는 불교의 대원칙입니다. 이 원칙은 팔만대장경에서도 확인할 수 있습니다. 팔만대장경의 내용을 축약하면 "말을 바로 하고 생각을 바로 하고 행동을 바로 하고, 어리석은 생각을 버리고 남을 불쌍히 여길 줄 알라"라고 할 수 있습니다.

이 모든 죄업은 어리석은 생각에서 비롯됩니다. 그래서 다들 힘들고 불안하게 사는 것입니다. 할 일을 피해서 빚지고 달아날 생각일랑 마십시오. 천당과 극락은 빚을 다 갚고자 최선을 다하며 복을 지은 사람들이 갈 수 있습니다. 진정한 복은 어디에서 올까요? 일거수일 투족이 나와 남 모두에게 이익이 되는 행동을 할 때 진정한 복이 옵 니다.

지금 여기가
복밭이다

자기 복전을 버리고 딴 곳으로 갈 이유가 없습니다.
내가 사는 땅을 가꾸는 것이 순리이고 불법입니다.

불법은 지금 이 세상에 있습니다. 내가 사는 곳에 있고 내 마음에 있습니다. 불교란 '마음이 트이고 열리고 맑아지면 중생이 부처다'라는 가르침입니다. 반신반의하지요? 내 여섯 문이 닫혀 있으면 안 믿어집니다. 그래서 문을 열어야 합니다. 믿고 시작하면 쉬운데 믿지 않고 시작하면 도저히 불가능합니다.

불교는 믿음에서 시작하지만 거기에만 머물면 백 년, 천 년을 가도 발전이 없습니다. 믿었으면 자꾸 알려고 해야 합니다. 알려고 노력하지 않으면 계속 모를 수밖에 없어요. 알았으면 그다음에는 실천으로 옮겨야 합니다. 믿기만 하면 마치 씨앗을 자기 집 선반에 모셔놓기만 해서 열매가 열리지 않는 것과 같습니다. 이런 작업을 '선근(善根)을 심는다'고 합니다. 선의 뿌리를 심으면 행운과 복이라는 열매가 열리고, 악의 뿌리를 심으면 고통이라는 열매가 열리는 것이 인과 법칙입니다.

인과 법칙을 믿는 것으로부터 불법을 공부해야 합니다. 복이라는 열매가 열리려면 종자를 선택한 후 좋은 땅, 옥토를 선택해야 되겠지요. 이것이 곧 수행입니다.

지금 내가 살고 있는 곳이 바로 복을 일구고 가꾸는 밭입니다. 자기 복밭을 버리고 딴 곳으로 갈 이유가 없습니다. 집안에 우환이 많으면 바깥에 나간들 복이 오지 않아요. 집안에서 우환이 없어질 때 선근이 돋아나고 복이 들어옵니다. 그런데 사실 복은 마음 땅에서 나는 것이지 누구에게 빌거나 받는 것이 아닙니다.

불교에서는 마음을 깨끗이 하는 지혜를 깨닫는 것을 최고로 여깁니다. 복을 지을 줄 아는 사람이 도 닦을 줄도 압니다. 복을 짓는 이유는 복을 닦음으로써 내 현실부터 정화해가기 위해서입니다. 막히고 흐리고 답답한 현실을 벗어버리기 위해서입니다.

선근을 심어 복을 지은 사람만이 도를 닦을 수 있습니다. 도란 무엇입니까? 지금의 나 자신을 바꿔 환골탈태하는 것입니다. 내 마음의 때, 나 자신의 흐리고 막힌 것을 벗어던지는 것입니다. 마음을 닦지 않고는 복도 도도 인연이 없습니다.

복과 지혜가 함께하는 종자를 골라 심어야 합니다. 자신의 이익만 생각하는 것은 소승이고 나와 남을 동시에 이롭게 하는 것을 대승이라고 합니다. 어찌 보면 세상일을 다 해가면서 도를 닦는 사람이 대승적인 삶을 산다고 할 수 있겠습니다.

출가는 특별한 것이 아닙니다. 세상에 살면서 사업을 잘하고 부모 형제를 잘 모시고 복을 짓고 도를 닦으면 일거양득이 되겠지요.

마치 주식 투자하듯이 마음 씀씀이를 부처님에게 투자하십시오. 이것을 최고 중의 최고 선근이라고 합니다. 땅이나 주식에 투자하는 사람도 있지만 부처님께 투자하는 것이 제일 좋습니다. '부처님 대접하고 법문 듣자', 이것이 최고의 투자입니다.

우리가 절에 가는 것은 부처님께 투자하고 도법을 듣기 위해서입니다. 하지만 안타깝게도 부처님은 이천 육백 년 전에 가셨지요. 어디를 가도 부처님을 못 만납니다. 그래서 부처님의 제자인 선지식을 만나는 것입니다. 부처님보다 조금 부족하겠지만 우리를 잘 이끌어주고 깨우쳐줄 스승, 또 부모를 잘 받든 성인들에게서도 법을 구할 수 있습니다.

복은 어디에서 찾아야 할까요? 집에서 찾는 것입니다. 세상에 사는 것을 후회하거나 나쁘게 생각하지 마십시오. 자신이 살고 있는 곳이 복밭입니다. 나의 복밭은 스승과 부모입니다. 내 집의 내 남편, 내 아내, 내 부모입니다. 마음의 눈이 열리면 '이 세상 최고의 복밭은 부처님'이라는 것을 깨닫습니다. 부처님이 안 계시면 옆에 있는 부모와 형제가 나의 복밭입니다. 그것을 깨달은 사람은 소견이 열린 사람입니다.

세계의 문을 여는 열쇠

마음이 열리면 도가 열립니다.
그러면 상대방이 하는 행동, 소리, 생각이 보입니다.

우주의 핵심은 나이고, 나의 핵심은 마음을 보는 것입니다.

복이 복을 법니다. 복이 복을 벌다 보니 나중에는 도까지도 벌게 됩니다. 선근이 없는 사람은 결코 도를 닦지 못합니다. 닦아도 안 됩니다. 들어도 무슨 소리를 하는지 모릅니다. 그래서 선근을 지은 사람만이 복을 받고, 악을 지은 사람은 절대로 복을 못 받는 거예요.

많이 배웠다고 훌륭한 것이 아닙니다. 부처님께서는 출생으로 왕족, 귀족, 바라문을 따지지 말라고 하셨습니다. 부처님께서는 행위로 따지라고 했습니다. 불교는 팔만대장경에 들어 있는데, 그것을 빨래 짜듯 짜면 내 마음에 쏙 들어갑니다. 마음의 눈을 뜨면 팔만대장경이 다 나옵니다. 불법을 배워서 팔만대장경을 알려 하지 말고 마음을 열어 아는 것이 훨씬 더 낫습니다.

선근을 짓는 또 다른 방법은 집안이나 동네에 연로한 분, 존경하는 분들을 무엇이 있으면 사서 대접하는 것입니다. 그분들의 뜻을 항상 잘 알아주면 복이 됩니다. 그다음으로 가난한 사람이 있으면 모른 척하지 말고 연민의 마음을 내어 내가 할 수 있는 일이 무언지를 찾으면 복이 됩니다. 병들고 가난한 자를 외면하면 복을 차는 것입니다.

마음이 즐겁고 기쁜 것이 세상에서 제일입니다. 이익은 두 번째 문제입니다. 즐겁고 기쁘고자 착한 마음을 내면 목숨을 주어도 아깝지 않을 만큼 최상의 복이 됩니다. 정말 큰 복은 부처님 법을 배우고 깨달아서 남에게 가르쳐주는 것입니다. 부처님이 하지 말라는 열 가지 계율을 지키는 것도 큰 이익이 됩니다.

살생의 반대는 방생입니다. 살생을 안 하면 본전이 됩니다. 손해는 없어도 큰 이익도 없지요. 큰 이익이 되려면 살생을 안 하고 방생하면 됩니다. 이처럼 부처님이 하지 말라는 것은 하지 않고, 좋은 가르침이 있으면 내 것으로 만들고 배워서 실천에 옮기고, 불쌍한 중생을 가엾게 여겨 구제하는 것 등이 모두 큰 복이 됩니다.

불법은 유식하고 많이 아는 것과는 관계가 없습니다. 자기가 사는 세상을 복전이라고 생각하고, 부처님 가르침을 자꾸 들어 불법을 실천하는 삶입니다. 극락은 아무나 쉽게 가는 곳이 아닙니다. 복도 안 짓고 도도 안 닦는 사람이 세상을 버리고 천당도 가고 극락도 가고 싫어 하다니요. 내가 사는 곳에 못 박고 잘 살지 못하는 사람이 여기보다 백 배, 천 배 나은 천당에 갈 수는 없는 법이지요.

마음이 열리면 상대방이 하는 행동, 생각이 다 보입니다. 마음이 바로 도입니다.

2부

解 해

앎이 곧 깨달음이다

씨앗을 뿌리는
마음

공부를 해나가는 것도 농사짓는 것과 꼭 같아서
자기가 노력한 만큼의 과덕을 얻게 되어 있습니다.

추운 겨울이 지나고 따스한 봄기운이 퍼지면 농부들은 한 해
농사를 시작합니다. 거름을 밭에 뿌리고 때를 맞추어 알맞은 시기에
파종을 합니다. 단기적으로 보면 밭에 파종하는 씨앗은 그만큼을
덜어내는 것이니 손해일 듯 보이지만 장기적으로 보면 한 알의 콩에
서 수십 알의 콩을 거두어들일 수 있으니 이득입니다. 농부는 그날
을 기약하고 콩을 심는 것이지요.

절집에서 봉행하는 모든 불사에는 시작하는 입재와 마무리하는
회향이 반드시 있습니다. 결의를 다지고 공부나 기도나 불사 등을 시
작하는 입재는 농부가 한 알의 씨앗을 땅에 심는 것과 같습니다. 당

장 불편한 것도 많고 또 아깝게 여겨지는 부분도 있지요. 처음에는 힘도 들고 재미도 없고 손해 본다는 생각도 듭니다.

하지만 공부라는 것은 시간이 지나면 지날수록 가속도가 붙습니다. 가속도가 붙기 시작하면 참 재미납니다. 땅에 씨앗을 심고 싹이 트기까지는 더딥니다. 하지만 싹이 올라오고 때맞춰 봄비라도 내리면 쑥쑥 자라나는 모습이 하루가 다릅니다. 부지런한 농부가 잡초를 솎아주고 병충해를 방제해주면 가을에는 열매가 주렁주렁 매달리지요. 무더운 여름날 땀 흘린 만큼 수확을 할 수 있습니다. 공부를 해나가는 것도 농사짓는 것과 꼭 같아서 자기가 노력한 만큼의 과덕을 얻게 되어 있습니다.

가을걷이가 끝나면 그해 농사는 대충 마무리됩니다. 이것이 바로 회향입니다. 수확을 끝낸 농부는 "한 해 농사 끝났으니 이제 마음껏 놀고먹자" 하면서 곡식을 몽땅 팔아버리거나 먹어치우지 않습니다. 내년 농사와 파종을 위해 반드시 좋은 종자를 가려 저장합니다.

더 많은 수익을 얻기 위해서는 더 많은 씨앗을 투자해야 합니다. 이것이 바로 회향이며, 세상 살림살이뿐 아니라 불법 공부에도 똑같이 적용되는 원리입니다. 참선이나 기도나 불사를 통해 얻은 공덕을, 더 많은 공덕을 얻기 위해 남들에게 베푸는 것이 바로 회향입니다.

씨앗을 뿌릴
터전

위로는 대보살과 부처님께 의지해 씨앗을 심고
아래로는 나보다 못한 중생에게 이익을 베풀어야 합니다.

세상에는 많은 생명체가 살아가고 있습니다. 물론 어떤 기준으로 구분하느냐에 따라 달라지겠지만 정신적인 성숙도를 기준으로 분류해보면 인간은 범부, 현자, 성자, 부처로 나눌 수 있습니다.

욕망에 얽혀서 옳고 그름을 구분하지 못하면서 인생을 살아가는 자들을 범부 혹은 중생이라고 합니다. 인간의 도리를 알고 어떻게 행동하는 것이 현명한지 아는 자들을 현자 혹은 군자라고 합니다. 나와 남의 구분을 뛰어넘고 모든 중생이 나아가야 할 바를 제시하며 그들을 위해 자신의 목숨을 기꺼이 바칠 수 있는 사람을 성자라고 합니다. 성자의 극치를 이루신 분이 바로 부처님입니다. 완전무결하여 조금의 잘못도 없으며 말 한마디나 손짓 발짓 하나가 그대로 중생이 본받아야 할 법이 되는 것이 부처님의 경지입니다.

범부는 반드시 성인이나 부처에게 인연을 짓고 공덕을 쌓아야 합니다. 범부는 성인들이 표방하신 가르침을 따라 배우고 실천해야 공덕을 얻을 수 있습니다. 부처님이나 보살님은 중생에게 부모와 같으며, 불보살님은 부모가 외아들 바라보듯이 중생을 바라봅니다.

손자 하나를 데리고 사는 할머니가 너무도 가난해서 굶어죽을 지경이 되었을 때 운 좋게도 떡 한 덩어리가 생겼습니다. 할머니는 이 떡을 어떻게 할까요? 할머니는 떡을 손자에게 먹이고 손자가 배불러 하는 모습을 흐뭇한 표정으로 바라보며 숨을 거둘 것입니다. 이것이 부모의 마음입니다. 자식을 위하는 것이 곧 나를 위하는 것이지요. 성인들의 마음도 이와 같습니다.

불법을 배워 삼독의 어리석음을 조금이라도 깨닫고 뉘우친 현자, 구도의 길에 들어선 사람, 깨달음을 얻어 완성의 길로 걸어가는 사람은 위로는 대보살과 부처님께 의지하여 깨달음의 씨앗을 심고, 아래로는 나보다 못한 중생에게 널리 이익을 베풀어야 합니다. 이것이 바로 불법을 배우는 우리가 해야 하는 회향입니다.

주변을 둘러보세요. 나보다 경제적으로 풍요로운 삶을 사는 사람들도 많지만, 지친 몸을 눕힐 곳이 없어 차가운 지하철역 바닥에서 긴 밤을 새워야 하는 이들이 아직도 우리 주위에는 있습니다. 그들이 바로 내가 복의 씨앗을 심을 기름진 밭입니다. 아무도 씨앗을 뿌리지 않은 넓고 빈 밭에는 파종하자마자 무성하게 곡식이 자라날 수 있습니다. 예상했던 것보다 더 많은 소득을 얻을 수 있는 것이지요.

중생이 한평생 고통에서 허덕이다 삶을 마감하는 것은, 하나는 복이 부족하기 때문이고, 다른 하나는 지혜가 부족하기 때문입니다. 지혜는 눈과 같고 복은 수족과 같습니다. 눈이 없다고 상상해보세요. 손과 발이 없다고 상상해보세요.

고통이 많다고 하지만 배고픈 고통보다 더한 것은 없습니다. 배우지 못해서 남들에게 멸시 당하는 것만큼 서러운 일도 없습니다. 이런 설움을 뼈저리게 겪어본 사람이라면 가난과 어리석음을 벗어나고자 전심전력으로 노력합니다. 부처님은 중생의 고통을 몸소 경험해보았기 때문에 중생을 구제하고자 그렇게 애를 태우는 겁니다.

자기 자신을 돌아보아야 합니다. 위로 지혜를 구하고 아래로 중생을 도와야겠다는 사명감이 뼈저리게 느껴진다면 진정한 현자고 보살이라 할 수 있습니다.

한편으로 회향에는 '누가 누구에게 베푼다'는 생각이 자리 잡을 수 없습니다. 회향이란 '내가 또 다른 나에게 베푼다'고 해야 맞습니다. 길을 가다 넘어져서 왼손에 상처가 나면, 오른손이 "나는 너와는 상관없다"라며 모른 척하지 않습니다. 생각할 여지도 없이 당연히 오른손으로 왼손의 상처를 치료하겠지요. 그럴 때 오른손이 왼손보고 "내가 너를 위해 애썼으니 너는 고맙게 생각해"라고 할까요?

진정으로 불법을 배우고 실천하려는 사람이라면 남에게 베풀더라도 결코 남에게 베풀었다는 생각이나 남을 구제했다는 생각이 남아 있어서는 안 됩니다. 그렇지만 우리는 남에게 은혜를 입은 것은 쉽게 잊어버리지만 남에게 준 것은 절대 잊지 않습니다. 그래놓고 만약 도와줬던 사람이 서운하게 하면 "너에게 많은 것을 베풀었는데 어찌 이럴 수가 있냐"며 화내고 원망하지요. 이런 보시는 공덕이 아니라 도리어 복을 감하는 것입니다.

진정한 보시를 행하고 진실로 회향하는 삶을 살아가고자 하는 사람이라면 모름지기 무주상보시를 행할 수 있어야 합니다. 상에 집착하지 않고 베푼 보시의 공덕은 가히 헤아릴 수 없을 정도로 한량없습니다.

고통의
근원

우리가 괴로운 이유는 결국 나에게 있습니다.
스스로를 구속하여 자유롭지 못합니다.

불교에서는 사람이 업보로 이 세상에 태어난다고 봅니다. 부모는 다만 그 연이 되어줄 뿐이고, 전생에 자기가 지은 업이 씨앗이 되고 금생에서 그 싹이 트듯 태어나는 것입니다. 그 업이 바로 탐욕, 성냄, 어리석음의 삼독입니다.

아이가 태어나면 축복 속에 아름다운 인생이 되기를 기원합니다. 누구나 청춘 시절에는 장밋빛 인생을 꿈꾸며 기대를 품고 설렙니다. 그렇지만 인생이, 사람 사는 이 세상이 그리 아름답기만 한 곳은 아닙니다. 사람들은 부처님처럼 자비로운 미소를 짓다가도, 자신에게 조금만 해가 될 것 같으면 돌연 나찰 같은 얼굴로 바뀝니다. 왜 그럴까요? 중생은 필연적으로 삼독에 이끌려 살아가기 때문입니다. 삼독의 업에 이끌린 중생이 살아가는 이 세계는 그저 아귀다툼으로 가득 찬 아수라장일 뿐입니다.

세상은 고통으로 가득 차 있습니다. 욕망의 불만족이지요. 그래서 고통의 바다, 고해라고 부릅니다. 수많은 고통을 여덟 가지 괴로움으로 분류할 수 있습니다. 사람이 태어나 늙고 병들어 죽는 생로병사, 거기에 사랑하는 사람과 헤어지는 괴로움, 미워하는 사람과 만나는 괴로움, 원하는 모든 것을 가질 수 없는 괴로움, 왕성하게 일어나 만족을 추구하는 오온의 욕구를 채우지 못하는 괴로움입니다.

사람이 겪는 필연적 고통 가운데 가장 근본이 되는 것은 죽고 사는 일입니다. 생사의 문제가 해결되지 않고는 영원히 자유로울 수 없습니다. 결국 우리가 불법을 공부하는 것도 바로 생사를 해결하는 일입니다. 참선할 때나 기도할 때나 염불할 때, 생사라는 두 글자를 명심해야 합니다. 부처님도 마찬가지셨습니다. 왕궁의 화려한 생활과 왕위를 버리고 출가하신 것은 생사 문제를 해결하기 위해서였습니다. 삶과 죽음은 돈이나 권력으로도 해결할 수 없고, 아무리 절친한 사이라도 대신할 수 없기 때문입니다.

우리의 육체는 무엇인가를 끊임없이 요구합니다. 눈은 아름다운 빛깔을 좇고, 귀는 맑고 고운 소리를 좇고, 코는 향기로운 냄새를 좇고, 혀는 달콤한 맛을 좇고, 몸은 부드럽고 편안한 감촉을 좇고, 생각은 자기 뜻에 합당한 것을 좇아 제각기 치달립니다. 여섯 가지 감각기관이 서로 뜻이 맞으면 좋을 테지만 그렇지 못합니다. 왜냐하면

서로 추구하는 것이 다르기 때문입니다. 마찰이 일어나 결국 괴로움을 초래합니다.

경전에서는 이것을 서로 다른 습성을 가진 여섯 동물을 함께 묶어놓은 것으로 비유합니다. 악어와 뱀과 새와 개와 여우와 원숭이를 같이 묶어놓는다면 어떻게 될까요? 악어는 늪으로, 뱀은 땅속으로, 새는 하늘로, 개는 집으로, 여우는 들판으로 가려고, 원숭이는 나무 위로 올라가려고 죽을힘을 다할 것입니다. 결국 자기가 편한 곳으로 달아나려고 애쓰면 애쓸수록 묶인 자리만 더욱 아플 것입니다.

사람도 마찬가지입니다. 육근이 각기 다른 만족을 끊임없이 추구하므로 편안할 날이 없다는 것입니다. 몇 식구 안 되는 집안에서도 다툼과 소란이 끊이지 않는 것은 서로 추구하는 만족이 다르기 때문입니다. 다툼으로 인한 피해와 고통은 누가 받습니까? 바로 가족 구성원들입니다.

우리가 괴로운 이유는 밖에 있는 것이 아니라 결국 나에게 있습니다. 탐욕과 어리석음과 게으름 때문에 스스로를 구속하여 자유롭지 못합니다. 스스로를 괴롭혀 편안하지 못합니다. 그래서 중생이라고 합니다. 중생은 나의 것, 나의 재산, 나의 행복만을 위해 끝없이 달려갈 줄만 알지, 성인의 가르침을 배우고 터득하려는 욕심은 낼 줄 모릅니다.

우리가 중생이기를 그만두고자 한다면 욕심과 어리석음과 게으름을 버려야 합니다. 그러기 위해 부처님께서는 팔정도(八正道, 지혜와 해탈에 이르는 여덟 가지 방법)를 닦으라고 하셨습니다.

인연의
여섯 가지 매듭

본래 갖추고 있는 청정하고 맑은 마음에는
선도, 악도, 죄도, 복도 모두 티끌입니다.

이 세상은 인연법으로 이루어져 있습니다. 베틀을 굴리며 씨
줄과 날줄을 엇갈려 베를 짜듯이 중생은 온갖 인과 연으로 선을 만
들어내기도 하고 악을 만들어내기도 합니다. 선이든 악이든 인연이
란, 중생을 육도윤회(중생은 자신이 지은 선악의 업연에 따라 천상·인간·수
라·축생·아귀·지옥의 여섯 세계를 끊임없이 윤회한다)에서 벗어나지 못하
도록 꽁꽁 묶어둡니다. 그런데 선도 하나의 결박입니다. 새끼줄에 묶
이느냐, 황금 사슬에 묶이느냐의 문제일 따름입니다. 아무리 황금이
좋다고 해도 묶이지 않는 게 가장 좋겠지요.

옛 선인들은 "아무리 금가루가 귀해도 눈에 들어가면 눈병밖에

생길 것이 없다"고 했습니다. 금가루가 눈에 들어간다고 해서 눈이 번쩍번쩍 빛나거나 세상이 더 잘 보이거나 하지는 않습니다. 눈에는 흙가루가 들어가든 금가루가 들어가든 그저 티끌입니다. 온전한 마음, 본래 갖추고 있는 청정하고 맑은 마음에는 선도, 악도, 죄도, 복도 모두 티끌입니다.

중생은 황금 수갑을 차고 싶어서 안달을 내지요. 남들보다 부자가 되고 싶고, 남들보다 높은 명예를 얻고 싶고, 남들보다 더 권력이 있는 사람이 되려고 평생을 바칩니다. 겨우 손과 발을 묶는 수갑과 족쇄의 색깔을 바꾸는 짓에 불과하다는 것을 모릅니다. '복'이라는 이름으로 남들보다 더 빛나는 수갑과 족쇄를 차려고 애씁니다. "나는 자유롭게 살고 싶다"고 외치면서도 어떤 밧줄이 더 좋을지 스스로 얽어맬 밧줄만 찾아다닙니다.

중생은 태어나기 전부터 묶여 있습니다. 부모와 인연으로 묶여 있고, 다음에는 자식, 친구, 친척 등등 세월이 흐를수록 밧줄의 숫자는 늘어나고 굵어집니다. 명예에도 묶이고, 금고 속 깊숙이 넣어둔 통장과 논밭에도 묶여서 헤어날 줄 모릅니다. 애정이든 원한이든 사람과 사람 사이의 관계는 긴밀할수록 마치 매듭을 이루고 있는 실의 양끝을 세게 잡아당길 때처럼 단단히 조여 쉽게 풀어지지 않습니다.

이렇게 복잡다단한 현상을 불교에서는 중생이 여섯 가지 매듭에 묶여 살아간다고 간략하게 설명합니다. 중생은 육근에 자극이 닿으면 그 즉시 집착을 일으키고 옳고 그름을 판단하려 합니다. 눈에 부딪힌 자극이 마음에 맞는 것이든 마음에 거슬리는 것이든, 한 번 마음에 맺힌 것은 쉽게 풀어지지 않습니다. 맺힌 상태로 그냥 있는 게 아니라 마음까지 꽁꽁 묶어 자유롭지 못하게 합니다. 항상 지금의 마음이 무엇을 하는지 놓치지 마십시오.

결박을 풀어버린
사람

무엇이든 영원히 소유할 수 없습니다.
생기고 머물고 변화하고 소멸하는 것이 자연의 순리입니다.

된장 냄새를 맡으면 한국 사람들은 모두 군침을 삼킬 것입니다. 하지만 외국 사람들은 된장 냄새가 나면 멀리서부터 아예 코를 쥐고 역겨워합니다. 태어날 때부터 된장 냄새를 좋아하는 사람이 따로 정해져 있는 것은 아닙니다. 살아온 경험이 다르면 좋아하는 냄새도 다릅니다. 그런 경험이 바로 인연의 매듭입니다. 경험 혹은 습관이라고 하는 인연의 매듭이 사람을 자유롭지 못하게 구속하는 것입니다. 똑같은 상황에서도 개인의 경험에 따라 반응이 전혀 다르게 나타납니다. 이 세상에 경험으로부터 자유로운 사람은 없습니다. 만약 있다면 그 사람이 바로 도인일 것입니다.

도인에게는 옳고 그름, 좋고 나쁨도 절대적이지 않습니다. 모든 것이 인연의 조화임을 알기에 집착하지 않는다는 것뿐입니다. 세상이 이토록 혼란하고 다툼이 많은 것은 옳은 주장이 없어서일까요? 오히려 옳은 것이 너무 많아 문제일 것입니다. 서로 자기만 옳다고 주장하면서 상대방의 의견을 묵살하고, 자기 뜻만 관철시키려 하니 다툼이 끊이지 않습니다. 진실을 아는 이들은 이렇게 어리석은 집착을 갖지 않습니다. 모든 것이 단지 인연의 조화임을 알고 나와 남을 위해서 정말 이롭다는 판단이 서면 '옳다'고 여겼던 것도 '그르다'고 바꿀 줄 압니다.

　가는 것은 가도록 내버려두고 오는 것은 오는 대로 맞이해야 합니다. 무엇이든 영원히 소유할 수 없습니다. 세상만사는 영겁의 시간 동안 생기고, 머물고, 변화하고, 소멸하는 일을 되풀이합니다. 그것이 자연의 순리입니다. 손아귀에서 모래알들이 빠져나가듯이 자신의 의지와 무관하게 모든 것이 슬금슬금 빠져나가기 마련입니다.

　당연히 빠져나가야 하는 것을 못 가게 막고 있으면, 댐이 여름철 홍수에 터져버리듯 그 피해가 엄청납니다. 때때로 적당히 물꼬를 터서 흘려버릴 줄 알아야 합니다. 소화되지 않은 감정들을 꾹꾹 눌러 놓았다가 어느 한순간에 터져버리면 자기 자신도 망치고 주변 사람들에게도 막대한 피해를 줍니다. 그런 상처들은 회복하기가 힘듭니다. 그러므로 불법을 배워 조금이라도 안목을 갖추었다면 쌓이기 전에 흘려보낼 줄 알아야 합니다.

인연의 고리가
풀리는 삶

스스로 부딪쳐오는 인연을 잘 관찰해서
업의 고리를 풀어나가는 사람에게는 세속의 법이 그대로 불법입니다.

당나귀는 성정이 거칠고 제멋대로라 회초리로 다루기도 매우 어렵습니다. 그래서 예전에는 당나귀가 좋아하는 당근을 긴 막대기 끝에 매달아 당나귀 입에 닿을 듯 말 듯 늘어뜨린 채 다녔습니다. 주인이 당근 방향을 조절하면서 당나귀를 목적지까지 쉽게 몰고 갈 수 있었지요.

부처님께서 쓰신 방편도 마찬가지입니다. 길을 벗어나면 구렁텅이에 빠진다고 아무리 회초리를 휘둘러도 당나귀 같은 중생은 말을 듣지 않습니다. 탐욕과 분노와 어리석음에 눈이 멀어 부처님이 아무리 타이르고 경고해도 곧 닥칠 재앙을 보지 못하고 정도를 벗어나지요.

그래서 부처님은 중생을 해탈과 열반이라는 목적지까지 무사히 데려가려고 방편을 씁니다.

탐욕과 어리석음으로 가득 찬 중생은 진실을 이야기해주어도 믿지 않을뿐더러, 진실을 밝혀준 선각자를 바보 취급하거나 정신 나간 사람 대하듯 합니다. 스스로는 손익을 분명히 따져 영리하게 행동한다고 생각하지만, 실제로는 탐욕에 눈이 멀어 넓은 안목으로 보지 못합니다. 부처님이 성도하시고 교법을 널리 펴셨을 때도 많은 사람들이 믿지 않았고 불법을 비방했습니다. 이런 글이 있습니다.

상급의 선비는 도에 관해 들으면 부지런히 그것을 실천한다. 중급의 선비는 도에 관해 들으면 어떤 때는 인정하기도 하고 때로는 무시하기도 한다. 그러나 하급의 선비는 도에 관해 들으면 크게 비웃는다.

_『노자』「동이편」

중생은 자기 머릿속에 들어 있는 생각과 어긋나면 좀처럼 받아들이려 하지 않습니다. 자기 생각을 정당화하기 위해 남을 무시하고 비웃습니다. 마찬가지로 부처님의 말씀도 믿지 않습니다. 진실을 믿지 않고 자기가 지은 업대로 움직입니다. 관성의 법칙과 같습니다. 질량을 가진 물체에 힘을 가해 속도가 붙게 되면 그것을 제지하는 힘이 없는 한 진행 방향과 속도는 변하지 않고 계속 앞으로 나아가려고 합니다. 중생이 익힌 업도 이와 같습니다. 스스로 제지하든, 타인이 제지하든, 환경이나 윤리 도덕이 제지하든, 제지하지 않으면 익힌 습성대로만 행동합니다.

그러나 불법과 진리는 산중에 있는 것이 아닙니다. 가르침대로 일상생활에서 탐욕과 어리석음을 멀리하고 인연의 결박을 풀려고 나날이 애쓴다면, 그것이 곧 불법입니다.

살아가는 모습 하나하나를 제대로 보면 불법이고, 잘못 보면 세속법이 됩니다. 세상을 탓하거나 남을 원망할 것이 하나도 없습니다. 스스로 부딪쳐 오는 인연을 잘 관찰해서 업의 고리를 풀어나가는 사람에게는 세속의 법이 그대로 불법입니다. 하지만 이익과 손해에 따라 사랑과 미움만 쌓아간다면 영원히 윤회에서 벗어날 수 없습니다.

경전에서도 "스스로 갈고 닦아 자신을 제도하지 않는다면 천불(千佛)이 출현하셔도 구제할 수 없다"고 했습니다. 인연의 고리가 풀리는 삶을 살도록 정진해야 합니다.

업보의
그물

중생은 윤회의 그물에 갇혀 있습니다.
곧 무너질 집에 갇혀 있는 신세이지요.

사람이 살아간다는 것은 그물 안에 갇힌 물고기 신세나 마찬가지입니다. 저인망 어선으로 그물을 끌어올리면 그 안에는 온갖 물고기가 다 들어 있지요. 현명하고 용기 있는 물고기라면 그물을 찢거나 뛰어넘으려 하겠지만, 그물에 걸려 수면 위로 올라와 다 같이 죽게 될 위급한 순간에도 큰 놈들은 작은 놈들을 잡아먹느라 정신이 없습니다. 어떤 놈들은 갑판에 올라와서까지도 입에 문 것을 놓지 않습니다. 사람도 마찬가지예요. 숨이 떨어지는 순간까지도 손에 쥔 것을 놓지 못하지요.

중생은 무명이라는 술에 취해 중심을 잡지 못하고 이리저리 흔들립니다. 술에 취한 사람이 환영을 좇다 밭고랑에 처박히듯, 중생은 탐욕을 좇아 치달리다 인생길에서 미끄러져 번뇌망상에 처박힙니다. 아무리 재주가 뛰어나고 똑똑하다 해도 별수 없어요. 욕망과 어리석음에 취하면 중심을 잃게 됩니다.

씨름에서는 간혹 체구도 작고 힘도 없어 보이는 사람이 덩치도 크고 힘도 센 사람을 넘어뜨리는 장면을 보게 됩니다. 중심을 잃어버리면 어린아이가 밀어도 넘어갑니다. 자기중심이 잡혀 있는 사람에게는 어떤 험한 파도가 밀려와도 흔들림이 없습니다. 두려울 것도 없고 근심걱정할 일도 없습니다. 누가 칭찬한다고 들뜨지 않고, 헐뜯는다고 원망하지도 않습니다. 이익을 얻었다고 크게 기뻐하지도 않고, 손해를 보았다고 상심하지도 않습니다.

중생은 한 사람도 빠짐없이 윤회의 그물에 갇혀 있습니다. 불타고 있어 곧 무너질 집에 갇혀 있는 신세이지요. 그럼에도 장난감 놀이에 빠져 넋이 나간 아이들처럼 불타는 집에서 빠져나올 생각을 하지 않습니다. 보잘것없는 세상살이에 끌려다니지만 말고 눈을 돌려 진리를 보고 배워 깨달아야 합니다. 먹고사는 것에만 골몰하는 것은 절벽에서 줄에 매달린 채 안간힘을 쓰는 것과 같습니다. 지금 손에 쥐고 있는 것을 놓아버리면 죽을 것 같겠지만, 실상은 그렇지 않습니다.

사람들이 일평생 노력하는 까닭도 따지고 보면 하루 밥 세 끼 해결하기 위한 것에 불과합니다. 겨우 밥 세 끼 해결하면 그만인 삶에서 뭐가 그리도 부족한 것이 많은지 온갖 근심걱정에 날이 새는 줄 모를 지경입니다. 부귀와 권력과 명예도 무상합니다. 한순간에 물거품처럼 사라집니다. 정말로 귀하게 여겨야 하는 것은 따로 있습니다.

마음 주인이
되는 길

사흘 닦은 마음은 천 년의 보배요,
백 년 모은 재산은 하루아침의 티끌이다.

달마대사는 출가하기 전 인도의 왕자였습니다. 어느 날 스승이 왕자들에게 물었습니다.

"이 세상에서 가장 존귀한 보배는 무엇인가?"

어떤 왕자는 황금을, 어떤 왕자는 권력을, 다른 왕자는 명예를 최고로 꼽았습니다. 마지막으로 달마대사가 대답했습니다.

"마음이 최고의 보배입니다."

스승이 그 까닭을 묻자 이렇게 답했습니다.

"황금이 좋은 것이라고는 하나 사실 그것을 보고 좋아하는 것은 사람의 마음입니다. 만일 가지려는 마음이 없다면 천만금의 보배가 눈앞에 있어도 어떻게 좋다는 생각과 기쁨이 일어날 수 있겠습니까? 또한 황금과 권력과 명예가 아무리 많고 높아도 그것을 누리는 사람이 마음에 만족하지 않으면, 어떻게 그것들이 귀하게 여겨지겠습니까? 그러므로 마음이야말로 소중히 여길 천하의 보배입니다."

그렇게 소중한 마음이 바로 불법 안에 있습니다. 하지만 내 마음도, 네 마음도 번뇌에 찌든 업식이지 보배로 여길 만한 것은 아닙니다. 참 마음, 청정한 본래 마음, 다이아몬드처럼 맑고 투명하게 빛나는 금강심(金剛心)이야말로 진정 보배로 여길 마음이지요. "사흘 닦은 마음은 천 년의 보배요, 백 년 모은 재산은 하루아침의 티끌이다"라는 옛 스님의 말씀을 다시금 되뇌어봅니다.

중생의 눈은 흐리고 탁해서 자기가 쳐놓은 업보의 그물도 보지 못합니다. 자기가 엮은 업보라는 그물에 걸려 헤어 나오지 못합니다. 마치 자기 다리에 걸려 넘어지고서도 주위를 향해 "내 다리 누가 걸었어!" 하고 고함치는 사람 같습니다. 누에가 자기가 토한 실에 갇혀 빠져나오지 못하는 것과 마찬가지입니다. 하지만 수행을 하다 보면 자신의 업보가 보이고, 그 업보의 그물을 뒤집어쓰고 있는 자신이 보입니다. 업이 청정해지면 주변에 자기가 맺어놓은 인연의 그물이 눈에 들어오게 되는 것이지요.

깨달음을 얻는다는 것은 누에가 스스로 만든 두꺼운 고치를 뚫고 밖으로 나오는 것과 같습니다. 도를 닦는다는 것은 마치 누에가 고치에 갇혀 있든 아니든 고치에 전혀 방해받지 않는 경지에 이르는 것이지요. 업에 갇힌 사람은 이래도 죽겠다, 저래도 죽겠다 소리밖에 안 나와요. 하지만 업을 굴리는 사람은 이래도 상관없고, 저래도 상관없습니다.

불법 공부를 해서 어느 정도 정신이 맑아지면 자신의 업보를 확연히 보지는 못해도 막연히 짐작할 정도는 되어야 합니다. 흔히들 '감 잡았다'고 말하는 상태지요. 감도 못 잡는 것은 아무 생각 없이 그저 먹고 자고 배설하는 축생과 다를 바 없는 삶입니다. 적어도 사람 몸을 받았으면 자신의 업보는 어느 정도 가늠할 줄 알아야 합니다. 가늠만 할 수 있어도 세상살이가 훨씬 수월해집니다.

게으름을
벗어던지고

우리 몸과 마음을 파괴시키는 녹은 무엇입니까?
바로 게으름입니다

중생의 업은 어디에서 왔습니까? 사람들은 운이 없으면 조상이나 외부 환경을 탓합니다. 그러나 중생의 업은 귀신이 주는 것도 아니고 조상이 주는 것도 아닙니다. 우리의 업은 우리 자신의 몸과 마음이 합작해서 짓는 것입니다. 금생에 각자가 다스리지 않으면 누가 대신해줄 수 있는 문제가 아닙니다.

젊을 때는 막 살다가 늙어서 할 일이 없자 친구 따라 슬슬 절에 다니는 것은 서산에 지는 해와 같은 꼴입니다. 가능하면 일찌감치 노력해야 좋습니다. 죽기 전에 우리는 너나 할 것 없이 부지런히 마음을 닦아야 합니다. 늦을수록 손해입니다.

우리 스님들은 대부분 새벽 세 시에 일어나는데 좀 더 열심히 공부하는 스님은 두 시에 일어납니다. 두 시에서 한 시, 한 시에서 자정으로 기상 시간이 점점 당겨집니다. 스님들은 이렇게 정진을 합니다. 아니면 금생에 자기 업을 어떡해도 다 놓을 수 없기 때문입니다. 무거운 업을 짊어지고 생사의 언덕을 넘는다는 것은 정말 괴롭고 힘든 일입니다. 그래서 미리미리 닦자는 것입니다.

모든 죄악이 우리 자신의 마음에서 나와 일신을 파괴시키는 것은 쇠에서 나온 녹이 쇠의 재질과 모양을 파괴시키는 것과 같습니다. 그러면 우리 몸과 마음을 파괴시키는 녹은 무엇입니까?

바로 해태(懈怠), 곧 게으름입니다. 일하려 하지 않고 일이 있어도 피하려는 사람들이 많습니다. 일하기는 미루면서 음식은 좋아하지요. 맛있는 음식이 있으면 다른 사람에게 양보하지 않고 혼자 먹으려고 합니다.

그러나 트인 사람은 다릅니다. '일할 때는 스스로 솔선수범해야지' 하고 생각합니다. 좋은 음식이 있으면 사람들을 불러 모아 나눠 먹습니다. 이런 사람은 분명히 복을 받습니다. 인간에게 가장 해로운 녹인 게으름을 떨쳐버리고 부지런해야 합니다.

육신을 오늘까지 키우느라 얼마나 많은 투자를 했나요? 몸을 금이야 옥이야 아껴봤자 병이 들어서 숨이 딱 떨어지면 사흘 안에 썩습니다. 게으른 사람치고 반듯한 사람이 없습니다. 세상 이치는 도를 닦거나 농사를 짓거나 장사를 하거나 공부를 하거나 다 같습니다.

사람들은 흔히 "할 일 없으면 놀러나 가자"고 말합니다. 열에 아홉은 얼씨구나 따라 나섭니다. 그렇지만 생각이 올바른 사람은 "다행히 시간이 났으니 공부하자"고 마음을 다잡습니다. 이런 사람은 앞길이 환합니다.

천 오백 년 전 어느 날의 이야기입니다. 회해선사라는 분이 갑자기 밥을 드시지 않는 것입니다. 이 노스님은 날마다 일을 하시는 분이었습니다. 그런데 아랫사람들이 보기에 안쓰럽기도 하고 죄송하기도 해서 노스님의 괭이와 호미 등을 치워버렸습니다. 그러자 노스님은 다음 날부터 아예 굶으시는 게 아니겠어요? 일을 안 했으니 밥 먹을 자격이 없다는 게 그 이유였습니다. 그 후 선가에는 '하루 일하지 않으면 하루 먹지 않는다'는 청규가 생겼습니다.

수행자는 한순간도 놓치지 않으려고 열심히 정진합니다. 그러다 보니까 새벽 다섯 시에 일어나던 기상 시간을 차츰 자정까지 당겨가며 몰아붙입니다. 자기 자신을 닦는 데에 한순간도 놓쳐선 안 되기 때문입니다. 이와 마찬가지로 복을 짓는 때도 놓치지 말아야 합니다. 좋은 일을 할 기회가 생기면 바로 그때 해야 합니다. 좋은 일을 제법 많이 한 듯싶어도 실제로는 다섯 손가락을 꼽을 정도도 안 되는 게 우리 일생입니다.

해마다 달마다
날마다

전생과 금생은 둘이 아닙니다.
죽는 날이 제삿날이자 생일입니다.

부처님께서는 "좋은 일을 하려면 때를 놓치지 마라"고 하셨습니다. 어쩌다 한번 좋은 일을 할 기회조차 놓친다면 금생의 복을 다 까먹게 됩니다. 부처님께서는 돌아가시기 직전까지도 법을 묻는 제자에게 가르침을 주시고 떠나셨습니다. 그렇게 중생을 위해 애쓰다 가셨습니다. 한순간도 복 짓는 일과 도 닦는 일을 게을리하지 않은 분이 부처님입니다.

우리는 종종 뭔가를 시작하려 할 땐 준비된 게 너무 없어서 걱정입니다. "부담스러워서 못 하겠다"는 말을 곧잘 합니다. 그러나 살아 생전에 좋은 일을 한다면 얼마나 하겠습니까? 미리미리 자신을 닦고 선업을 닦는 데에 좀 더 부지런해야 합니다. "이 육신은 죽으면 썩는다. 죽기 전에 최대한 이 몸을 부려서 선업을 쌓자." 항상 이렇게 생각해야 합니다.

현명한 사람은 몸을 소나 개처럼 최대한 부립니다. 무서운 업에서 벗어나려면 그렇게 해야 합니다. 이를 실천하는 것이 바로 생전예수재입니다. 매일매일 죽겠다는 소리가 나올 정도로 몸을 부려야 합니다. 몸에 매달려 입히고 재우고 약 먹이고 구경시키다가 세월 다 보내면 후회가 구천에 사무칩니다.

금생에 편하게 살았다는 것은 복을 다 까먹고 가는 것을 의미합니다. 열심히 일하는 한편 부지런히 도를 닦으며 육신을 부릴 때 비로소 제대로 살았다고 말할 수 있는 것입니다. 이만한 각오와 노력이 없다면 다음 생은 큰일이 아닐 수 없습니다.

전생과 금생은 둘이 아닙니다. 생전과 사후는 둘이 아닙니다. 죽는 날이 제삿날이자 생일입니다. 법문을 자꾸 귀담아듣고 현실에 대입해서 뜻을 세우고 실행해나가야 합니다. 틈만 나면 도 닦는 일에 정진하고 복 짓는 일을 해야 합니다. 해마다, 달마다, 날마다 생전예수재입니다. 순간순간이 생전예수재가 되어야 합니다. 그러면 금생과 내생이 참으로 좋아질 것입니다.

불법으로 얻는 공덕

이미 바다 속에 있다면 물 찾을 일이 없고,
등산을 하면 산이 어디에 있냐고 물을 필요가 없습니다.

빛에는 여러 가지가 있지요. 촛불은 겨우 자기 자신만 비추고, 전등불은 방안을 비추고, 달은 고을을 비추고, 해는 온 천하를 비춥니다. 햇빛보다 천 배 만 배로 밝은 것이 바로 '부처님의 광명'이고 '깨달음의 빛'입니다. 과거, 현재, 미래를 모두 비추는 빛입니다. 불법 안으로 들어오면 해와 달이 비칠 때나 비치지 않을 때나 늘 환하게 밝아집니다. 이것이 '진리를 깨달았다'는 것의 기준입니다.

우리는 어떻습니까? 전생도 캄캄하고, 내생도 캄캄하고, 현생도 캄캄하므로 촛불이나 반딧불보다도 못한 것이 아닌가 싶기도 합니다. 해와 달이 없어서 캄캄한 것이 절대로 아닙니다. 자기 마음이 열려 있지 않기 때문에 무한한 부처님의 지혜광명이 드러나지 않는 것입니다.

근심걱정이 사라지는 것은 불법에 들어와 얻는 공덕입니다. 우리가 절에 가는 것도 근심걱정을 떨어버리기 위해서입니다. 큰 절 입구의 일주문까지를 세상으로 보면, 일주문 안은 근심걱정이 없는 세계입니다. 저는 이것을 출가하던 날에 깨달았습니다. 일주문을 들어서는데 '아, 이제야 왔구나' 소리가 입에서 저절로 나왔어요. 그날 이후로 저는 부처님 전에 귀의한 것을 정말 다행스럽게 생각합니다.

스님 한 분이 도를 깨닫고서는 '내 무슨 복에 빗방울이 바다에 떨어지는 행운을 얻게 되었을까' 되뇌었다고 합니다. 만일 산꼭대기에 빗방울이 떨어졌다면 바다까지 간다고 많은 고생을 할 것입니다. 그러므로 빗방울이 곧장 바다로 떨어지면 매우 다행스러운 일이겠지요.

빗방울 가운데에는 깨끗한 것과 더러운 것이 있을 것이고, 물에도 더러운 시궁창 물도 있고 맑고 깨끗한 개울물이나 강물도 있을 것입니다. 하지만 더러운 물이 들어가도 바다는 절대 탓하거나 거부하는 법이 없습니다. 탓하지 않을 뿐 아니라 깨끗이 정화하여 똑같이 맑은 물로 변화시킵니다. 인간도 못나거나 잘나거나 신분이 낮거나 높거나 상관없이 불법 가운데 들어오면 다 같이 평등해집니다. 이 세상 천만년을 산다고 해도 근심걱정으로 영원히 돌고 도는 법인데, 불법에 들어오면 그 돌고 도는 고리가 끊어집니다. 바로 '윤회의 고리', '인연의 고리'가 끊어지는 것이지요.

수달다장자의 창고에는 항상 곡식과 보배가 가득 차 있어서 가난한 이들에게 아무리 나눠주어도 다시 가득 찼다고 합니다. 수달다 장자가 이처럼 큰 복을 얻을 수 있었던 것은 바로 고독한 사람들에게 끊임없이 베풀었기 때문입니다.

불법 가운데 오래 머물다 보면 극락에 가려고 애쓸 필요가 없습니다. 불가에 있기만 하면 따로 찾을 것도 없이 있는 자리가 그대로 극락이고 불국토입니다.

이미 바다 속에 있다면 물을 찾을 일이 없고, 등산을 하면 산이 어디에 있냐고 물을 필요가 없습니다. 몸과 마음이 항상 불법 가운데 머물고 있다면 부처님 찾을 일이 따로 없지요. 몸과 마음이 떨어져 있으니까 찾을 일이 있고 돌아갈 일이 생기는 것입니다. 염불을 하거나 화두를 들게 되면 몸과 마음은 불법 속에 있는 것입니다. 만일 항상 불법과 진리 속에 몸과 마음을 담고 있다면 영원히 근심걱정을 떠나게 되니 이것을 일러 해탈이라고 합니다.

빗물을 모으는 그릇

수행이란 자신의 그릇이 더러우면 닦고
깨져 있으면 잘 때우는 일입니다.

아침에 해가 뜨면 세상이 환해집니다. 비가 내리면 산천초목
이 촉촉해집니다. 저 큰 소나무부터 작은 풀 한 포기까지 비를 맞으
며 마른 목을 축입니다. 그런데 햇볕이 비치지 않거나 비가 내리지
않는 곳도 있습니다. 해나 비가 차별을 하는 것은 아닙니다. 부처님
과 중생의 관계도 이와 비슷합니다. 하늘에 구름이 끼듯이 우리의
업장에 구름이 끼면 부처님을 만나지 못합니다. 중생의 허물 때문입
니다.

오랜만에 비가 내려 모든 풀과 나무는 춤을 추는데 어떤 사람들
은 불평을 늘어놓습니다. 밤에 잠잘 때나 할 일 없을 때 비가 내리지

낮에 일할 때나 어디 가려고 하면 꼭 비가 내린다고요. 이렇듯 부처님의 가피를 받지 못하거나 복을 받지 못하는 것이 자신의 업장 때문인 줄은 모르고 현실만 탓하는 것이 중생의 마음입니다.

부처님이 비라면 우리 중생은 초목총림입니다. 비가 내리는데 중생의 그릇이 깨져 있거나 엎어져 있으면 빗물을 모을 수 없습니다. 수행이란 자신의 그릇이 더러우면 닦고 깨져 있으면 잘 때우는 일입니다. 그것을 계를 지킨다고 말합니다. 계를 잘 지킨다는 것은 자신의 상태를 잘 살피고 보수하는 일입니다. 결국 수행이란 자신의 몸과 마음을 닦는 것입니다.

비는 초목을 윤택하게 하지만 너무 많은 비는 오히려 피해를 줍니다. 결국 부처님께서 열반에 드시는 시기는 중생이 불보살에 대해 감사하고 더 이상 기다리는 마음이 없어지는 때입니다. '성인은 여세출 요세출'이라는 말이 있습니다. 요세출(要世出)은 세상이 간절히 바랄 때 성인이 오신다는 뜻이고, 여세출(與世出)이란 세상 돌아가는 순리대로 오신다는 뜻입니다.

진정한 여래출현은 내가 잘 닦아 스스로 부처가 되는 것입니다. 불종자가 있어도 부처님의 가르침이 없으면 자라지 못합니다. 부처님의 경전 말씀을 보물로 여기는 불자가 되십시오.

마음의
보리수

은혜라고 좋아할 것 없고
빚이라고 싫어할 것 없습니다.

우리도 저마다 보물을 하나씩 가지고 있습니다. 바로 마음입니다. 그 마음을 닦고 키워야 하는데 의식주를 늘리는 데에만 힘을 쓰고 있습니다. 그래서는 안 됩니다. '이 생에서 지은 많은 업을 대신 받을 사람이 없는데, 내가 지금 죽으면 이 책임을 어떻게 지겠는가'라는 각오로 살아야 합니다. 부처님께서는 이것을 깨우쳐주시려고 중생 곁으로 오신 것입니다.

부처님께서 이 세상에 오신 뜻은 중생 구제에 있습니다. 대자대비 부처님의 입장에서 중생은 구제의 대상이지만 중생의 입장에서는 부처님을 만났다는 것 자체가 은혜입니다. 은혜도 갚아야 할 것이고 빛도 갚아야 할 것이라는 점에서 은혜와 빚이 다를 게 없습니다. 둘을 저울에 올려놓으면 균형을 이룹니다.

은혜라고 좋아할 것 없고 빚이라고 싫어할 것 없습니다. 부처님은 이 두 가지를 똑같이 보십니다. 우리가 진정 공부해서 중생의 업을 벗으려면 사랑과 미움 두 가지가 똑같음을 알고 어느 쪽에도 걸리지 않아야 합니다.

부처님이
이 땅에 오신 뜻

아무리 바쁘더라도 자신의 인생을 성찰해보십시오.
도대체 지금 무엇을 하고 살고 있는가.

아무리 바쁘더라도 자신의 인생을 성찰해보십시오. '나는 이 세상에 와서 지금 무엇 때문에 살고 있는가' 하는 생각을 끊임없이 하십시오. 마음이라는 보리수를 잘 키워야 그 열매인 불과(佛果)가 열립니다. 보리수가 제대로 자라지 못하면 온갖 벌레가 생기고 병치레를 하게 됩니다. 지금 자신이 업장의 벌레에 시달리는 보리수가 아닌지 돌아보아야 합니다.

마음 나무를 갉아대는 벌레를 해결할 수 있는 약은 부처님뿐입니다. 여유가 있을 때마다 마음의 보리수를 키우는 데에 온 힘을 쏟아야 합니다. 그렇지 못하면 죄업의 열매만 맺게 됩니다. 불법은 죽지 않는 불사의 문입니다.

석가모니 부처님이 출현하신 것도 위대하지만 우리 개개인이 여래가 되는 것은 더욱 위대합니다. 내가 성불하는 눈이 틔어야 부처님을 알아볼 수 있기에, 무엇보다 먼저 자신의 눈을 떠야 합니다. 태양이 두 개라도 내가 눈을 뜨지 못하면 캄캄한 밤중입니다. 내가 눈을 뜨기 위해서는 끊임없이 수행을 해야 합니다. 우리의 성불 방법은 보살행에 있습니다.

그럼 어떻게 해야 업을 짓지 않고 보살행을 닦을 수 있을까요?

먼저 남들이 선업 쌓는 것을 보거든 내 일처럼 생각할 줄 알아야 합니다. 불법을 모르면 남의 선업을 시기합니다. 그것은 자신에게 남아 있던 복마저 잃어버리는 일입니다.

그리고 남들이 선근을 쌓는 것을 보거든 '나도 저래야 한다'는 마음을 내십시오. 그것이 성불할 수 있는 종자를 키우는 일입니다.

출리(出離)를 생각하세요. 세간의 법을 보거든 아무리 좋아 보여도 이 법을 벗어나야겠다는 생각을 할 수 있어야 합니다.

말할 때는 합리적으로 이치에 맞게 하는가를 생각해야 합니다. 몸에 박힌 화살은 빼낼 수 있지만 말의 화살은 용서받기 어렵기 때문입니다.

부처님을 어버이로 여기십시오. 삼보 대하기를 효자가 부모님 대하듯 하라는 말입니다.

마지막으로, 부처님과 내가 같다고 생각하세요. 부처님께서 이 땅에 오신 뜻은 우리 모두가 불종자를 가지고 있다는 숭고한 의미를 알려주기 위해서입니다. 부처님과 우리 자신은 기본적인 종자는 같되 부처님은 완성된 분이고 우리는 아직 미완일 뿐입니다. 그러므로 열심히 마음의 보리수를 가꾸고 키워야 합니다. 열심히 도를 닦으십시오.

금생에서 석가모니 부처님과 인연을 맺었으니 미륵 부처님 오실 때까지 기다리지 말고 바로 지금 이 자리에서 공부를 성취해서 나아가기를 바랍니다.

인연
법칙

흘러간 것은 반드시 돌아옵니다.
모든 것은 반드시 만나게 되어 있습니다.

흘러가는 것은 반드시 돌아옵니다. 이 세상 모든 것은 눈앞
에서 흘러갔거나 보이지 않는다고 해서 그대로 끝나는 게 아닙니다.
나의 어느 하루가 오 년이나 십 년 후, 아니면 말년이나 다음 생의
하루가 될 수 있습니다. 내 앞을 스쳐갔던 모든 것이 언젠가 나와 대
면하게 되어 있습니다.

우리가 지금 보고 만지는 것, 좋다 싫다 말하며 느끼는 것, 이런
모든 것이 지난날 우리를 스쳐갔던 것들입니다. 이 하나하나가 다 지
나오면서 마주친 것들입니다. 이를 인연 법칙이라고 합니다. 사람들
은 "흘러간 것은 다시는 못 만나겠지" 하고 생각하며 삽니다. 그렇지

만 흘러간 것은 반드시 돌아옵니다. 종종 "다시 만날 일이 없을 텐데 뭐" 하고 함부로 대하는 경우도 많지요. 이게 다 인연 법칙을 잘 몰라서 그렇습니다.

모든 것은 반드시 만나게 되어 있습니다. 인연 가운데 가장 끈끈하게 맺어진 인연은 오래도록 만나고 오래도록 함께하는 관계입니다. 만나야 할 인연은 어떻게 해서든지 만나게 됩니다. 백 번이고 천 번이고 만납니다. "있을 때 잘해!" 이 말이 딱 맞는 말입니다.

인연 법칙을 알면 매사가 다 수긍이 되고 이해가 됩니다. 나한테 누가 잘못하거나 해를 입히더라도 연유를 짐작할 수 있지요. 좋은 일이든 나쁜 일이든, 이익이든 손해든 그에 따른 이치가 분명해집니다. 삼라만상이 인연 법칙 안에서 순환합니다. 이를 잘 보고 듣는 가운데 깨달으면 그것이 바로 도가 되는 것입니다.

몸, 입, 마음으로
짓는 업

복을 짓는 것은 몸의 습성을 억제하면서
남을 배려하는 데에서 시작됩니다.

불교에서는 몸, 입, 마음으로 짓는 세 가지 업을 신구의(身口意) 삼업이라고 합니다. 모든 사물이 순환하듯이 내 육신이 나고 죽기를 거듭하는 동안 이 신구의 삼업으로 인해 복을 받기도 하고 죄를 받기도 합니다. 저지를 때는 모르지만 시간이 지나면 삼업의 결과를 맺습니다. 아직 닥치기 전이니까 안심도 하고 일부러 모른 체하고 무시합니다. 그러다가 환란이 닥치면 "왜 나한테 이런 일이 생겼지!" 한탄하지요.

평소에 밖으로 선업을 닦고 안으로 참회를 해야 하는 것은 이 때문입니다. 그래야 자연스레 악업을 저지르지 않게 됩니다.

불자는 일상생활 속에서도 기도, 염불을 하고 항상 성인의 법과 진리를 생각해야 해요. 이런 업을 익히면 저 깊은 내면에서 저절로 자비심이 생깁니다. 그쯤 되면 우리의 업이 거의 빠져나간 것입니다. 업이 빠져나가야 그런 마음이 올라옵니다. 업으로 막혀 있으면 자비심이 일어나지 않습니다. 공부를 정확하게 하면 스스로 알게 됩니다. 조금씩 공부가 되어간다, 조금씩 업이 녹는다, 조금씩 단계적으로 발전한다, 이 모든 것을 스스로 느낄 수 있습니다. 그러면서 우리는 해야 할 일과 하지 말아야 할 일을 알게 됩니다.

우리가 진실로 편하고 행복하기 위해서는 머리끝부터 발끝까지 신구의 삼업을 잘 이끌어가야 합니다. 극락과 지옥이 달리 있는 게 아닙니다. 자기 일신을 잘 다스리는 사람은 훌륭한 인물이 되고, 온갖 욕심을 채우려는 사람은 죄를 지을 수밖에 없습니다. 죄가 다른 데에서 오는 것이 아닙니다. 대여섯 자 되는 몸 하나를 잘못 다루면 그게 곧 죄를 짓는 것입니다.

복을 짓는 것은 몸의 습성을 억제하면서 남을 배려하는 데에서 시작됩니다.

비움이라는
지혜의 문

탐욕의 어머니는 이 세상을 만들었고
지혜의 어머니는 영원한 진리를 만들었습니다.

　　도라고 하는 것은 어두운 구석 하나 없이 너무나도 밝기 때문에 한없이 넓은 우주를 다 삼켜버리는 빛처럼 눈부십니다. 우리 모두에게는 이렇게 온 우주를 다 감쌀 수 있을 만큼 많은 양의 밝음이 있습니다.

　　부처님께서는 "내가 이 세상에 온 이유는 오직 한 가지다. 온 우주를 다 비출 수 있는 밝음의 도리를 다들 가지고 있는데도 정작 스스로 그것을 모르고 있다"고 하시며 활짝 열어 보여주셨으니, 이를 '개시오입(開示悟入)'이라고 합니다.

　　공(空)이란 가로막혀 있고 덮여 있는 것에 상응하는 말입니다. 가로막혀 있고 덮여 있기 때문에 비어 있지 못한 것입니다. 비어 있어야만 깨달을 텐데, 어리석음과 탐욕이 철통같이 막고 있으니 자신들에게 지혜가 있음을 모릅니다.

부처님께서는 설법 기간의 절반에 가까운 스물한 해 동안 마음을 비우는 이치에 대해 말씀하셨습니다. 결국 어리석음과 탐욕을 벗으면 문이 열려 비워진다는 이야기입니다. 비워진다는 것 자체가 지혜의 문이 열리는 것입니다. 쉽게 말하자면, 탐욕에 덮여 있던 문이 열리면서 지혜가 드러난다는 말입니다.

탐욕은 어떤 힘을 가지고 있으며 지혜는 또 어떤 힘을 가지고 있을까요? 이 세상은 조물주가 만든 것도 아니고 부모가 만든 것도 아닙니다. 부모와 조물주 이전을 찾아보면 거기에 탐욕이 있습니다. 탐욕의 힘이 조물주인 것입니다. 탐욕의 힘으로 만들어진 모든 피조물은 아무리 잘 만들었다 해도 영원하지 않고 한계가 있습니다. 그러나 어리석음과 탐욕을 없애면 영원한 생명을 얻을 수 있습니다.

금강의 뜻을 살펴보면 곧 지혜 '지', 어미 '모'와 같습니다. 지모, 즉 지혜의 어머니라는 뜻입니다. 탐욕의 어머니는 이 세상을 만들었고, 지혜의 어머니는 영원한 진리를 만들었습니다. 사람들은 이런 원리를 모르기 때문에 현실적으로 코앞의 급한 것을 먼저 계산할 수밖에 없습니다. 하지만 우리 모두가 갖고 있는 이 지혜를 '알고 닦으면' 됩니다.

탐욕,
세상의 뿌리

지구를 파괴시키는 것 또한 사람이며
사람의 손길이 닿으면 파괴와 멸종이 이어집니다.

사람은 평생 탐욕에 빠져 허우적대다가 늙어갑니다. 그러다
가 저승에 갈 때 혼자 가는 것을 두려워합니다. 탐욕을 벗어버리면
더 이상 외로울 것도 두려울 것도 없습니다. 마음이 당당하고 분명
하니까요.

세상의 뿌리는 탐욕에 있습니다. 부모가 낳아준 생명은 백 년 안
에 없어집니다. 하지만 탐욕의 모체는 남아 있습니다. 부모가 준 생
명보다 탐욕의 모체가 더 큽니다. 수행이나 기도를 할 때 그런 근본
을 알아야 합니다. 욕심을 버리고 나서 반야의 문, 지혜의 문이 열리
면 이것은 영원합니다. 공의 문이 열리면, 즉 마음이 비워지면, 세상

의 진리, 공덕이 조금씩 보입니다. 이 우주 안에는 헤아릴 수 없이 많은 것들이 가득 차 있습니다. 하나가 가득하다고 다른 것이 들어가지 못하는 게 아닙니다. 마음을 비우면 이 우주가 내 안에 가득하게 됩니다.

천하에 가장 영악한 동물이 사람입니다. 지구를 파괴시키는 것 또한 사람이며, 사람의 손길이 닿으면 파괴와 멸종이 이어집니다. 인간의 탐욕이 세계를 지배하기 때문입니다. 사람 몸을 받는다는 것은 큰 행운인데, 이 행운을 받고도 나쁜 쪽으로만 쓰고 있습니다.

불가에서 "이 세상에 큰 행운이 몇 가지 있는데, 첫째는 사람의 몸을 받은 것이고, 둘째는 부처님의 법을 만나는 것이고, 셋째는 그 법을 만나서 깨달을 수 있는 것이다"라고 합니다. 사람으로 태어나도 선악의 판단을 제대로 하지 못하고 그저 본능이 시키는 대로만 사는 경우가 많습니다. 사람으로 태어나 이성으로 판단하여 선과 악을 구분한다면 이게 바로 큰 행운이고, 그중에서도 불가의 법을 닦는 쪽을 선택하면 그야말로 최고의 행운입니다.

업의
결과물

내가 한 일은 내 마음으로 돌아옵니다.
짓는 자가 없다면 받는 자도 없는 법입니다.

일생 동안 자기 역량을 다 쓰지 못하고 죽는 사람이 부지기
수입니다. 힘을 쓰더라도 도를 닦는 일에는 쓰지 않고 그저 '사는 일'
에만 쓰고 맙니다. 도를 닦는 데 힘을 기울이면 무량한 공덕을 얻게
되고 영원히 살 수가 있는데, 전부 소모적인 것에 쓰기 때문에 오래
살아야 백 년밖에 못 사는 것입니다. '죽는 일'에 온 힘을 다하면 영
겁을 살 수 있습니다. 어차피 우리 모두는 죽게 되어 있으므로 그 힘
을 죽는 데에 써야 합니다. 도를 닦으려면 죽음을 담보로 해야 하며
인간 노릇을 하지 않기로 각오해야 합니다.

문수보살이 보수보살에게 "일체 중생이 모두 지, 수, 화, 풍을 가지

고 있는데 이 안에는 '나'라고 하는 자아가 없습니까?"라고 물었습니다. 그리고 거듭 이렇게 말했습니다.

"나라는 존재나 너라는 존재는 알고 보면 다 빈 껍데기일 뿐인데, 살아 있을 때는 고통도 받고 즐거움도 받고, 아름다움도 받고 추함도 받고, 많게도 받고 적게도 받고, 금생에 받기도 하고 다음 생에 받기도 합니다. 이렇게 천차만별인 것은 왜 그렇습니까?"

보수보살이 답했습니다.

"문수보살이여, 우주 전체에는 본래 선도 악도 없습니다. 세상 끝까지 다 봐도 처음부터 선과 악이 정해진 것이 없습니다. 정해진 것이 없다면 천당과 지옥도 없는 것입니다."

다시 문수보살이 물었습니다.

"그런데 왜 현실에서는 선과 악이 존재하며 천당과 지옥이 존재합니까?"

보수보살이 대답했습니다.

"실체는 없지만 현실에서는 각자의 행업, 지은 업에 따라 그와 같은 느낌이 드는 것입니다."

업이라는 말은 산스크리트어로는 카르마라고 하며, 우리말로는 행위, 행동, 소행, 하는 짓 등으로 풀이됩니다. 만약 현실에서 나쁜 짓을 했다면 중도에라도 그만두어야 하며, 단순히 그만두는 것에 그치지 말고 선 쪽으로 옮겨와야 합니다. 생각이 옹졸하여 자기 업을 고칠 생각을 하지 않으면 더 이상의 발전이 없습니다.

'내가 한 일은 결과적으로 내 마음으로 돌아온다'는 것이 업의 핵심입니다. 짓는 자가 없다면 받는 자도 없는 법입니다. 이 말은 결국 이 세상에 내가 하지 않으면 누구도 나한테 줄 수 없고 받을 수도 없다는 말입니다. '나'의 지금 모습은 너와 나의 합작품입니다. '너'라는 존재가 없으면 '나'라는 존재도 없습니다. '나'는 결국 '자기가 한 행위', 즉 업의 결과물입니다. 따라서 '내가 한 일이오', '내 탓이오'라고 생각해버리면 모든 것이 편해집니다.

춘추전국 시대에 전쟁이 그치지 않아 남자란 남자는 모두 전쟁터에 끌려갔습니다. 그나마 남아 있던 남자들은 땅 밑에서 숨어 지내야 하는 상황인데, 한 남자가 큰길가에 나타났습니다. 이 사람은 난장이에, 꼽추에, 곰보에, 언청이에, 절름발이에, 외팔이였습니다. 그보다 못난 사람이 없을 정도라 전쟁에도 끌려가지 않았습니다. 그런데 이상하게도 그 사람과 대화를 하면 누구도 헤어지고 싶어 하지 않았습니다. 안에 심덕이 쌓여 있어서 추한 모습이 가려진 것입니다. 내면에 도가 충만한 사람이었던 것입니다.

이 세상이 엉망이고 제멋대로인 듯 보여도 실은 아주 질서정연해서 이 질서를 어긴 사람은 반드시 벌을 받습니다. 간혹 질서를 어기는 사람과 같이 있다가 변을 당하기도 하는데, 이는 그가 어리석어서일 수도 있고, 둘 다 같은 사람이라서 그럴 수도 있습니다. 참으로 착한 사람은 질서를 어기는 사람과 같이하지도 않을 뿐 아니라 같이 있어도 벌을 받지 않습니다.

이 사바세계에는 성인도 살고 나쁜 사람도 삽니다. 참으로 다행인 것이 나쁜 사람 속에서도 착한 사람이 살고 있다는 것입니다. 그래서 항상 착한 사람을, 부처님을 찾으면 험한 세상사일지라도 한 가닥 희망은 발견할 수 있습니다.

여러 겁의 생을 지나 사람 몸 받고 태어난 지금, 인생을 어떻게 살아갈 것인가를 고민하고, 다음 생에 무엇으로 태어나고 싶은가를 생각하고, 그 생을 준비해야 합니다. 내생에 어떻게 태어날지는 아무도 모릅니다. 그러니 내생에 살고 싶은 삶이 있다면 금생에서 그렇게 실천하면서 살아야 하는 것입니다.

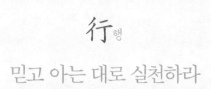

行 행

믿고 아는 대로 실천하라

기도의
원리

부처님과 선지식들은 능숙한 농사꾼이십니다.
성숙하면 과일이 익었을 때처럼 주인이 따러 옵니다.

부처님의 말씀이 아닌데도 '경'이라고 일컫는 세 가지가 있습니다. 하나는 인도 바이샬리에 살았던 유마거사의 말씀을 엮은 『유마경』입니다. 둘째는 중국의 육조 혜능대사의 말씀을 엮은 『육조단경』인데, 혜능선사의 말씀이 부처님의 말씀에 한 치의 어긋남도 없다고 해서 경이라는 명예로운 명칭을 붙인 것입니다. 또 다른 하나는 지금 이야기하고자 하는 『승만경』입니다.

승만부인은 파사익 왕과 말리부인 사이에서 태어난 딸입니다. 말리부인은 원래 말리원이라는 동산에서 일하는 천한 신분의 사람이었습니다. 하지만 전생의 업이 청정해서 학식은 없었지만 총명하고 마음이 허공처럼 맑고 깨끗했습니다. 어느 날 부처님께서 동산을 지나시다가 말리부인을 보게 되었습니다. 부처님이 지혜로 관찰해보시니, 이 부인이 신분은 비록 비천하지만 인연이 성숙해 있더랍니다. 과일에 비유하자면 익어서 수확할 때가 다 된 것이지요.

부처님께서는 법문 한마디를 설하든, 발 한 걸음을 옮기든 헛되게 하는 법이 없는 분이십니다. 반드시 인연에 맞추어 근기가 성숙되었을 때 나타나 일깨워주십니다. 우리는 '부처님께 이만큼 기도드리고 참회했으니 무슨 가피라도 있겠지' 하고 나름대로 생각하고 판단하지만 전혀 그렇지 않습니다. 부처님의 가피는 반드시 인연이 성숙되었을 때 나타나는 것입니다. 성숙하면 과일이 익었을 때처럼 주인이 반드시 따러 옵니다. 설익었을 때 따면 아무 소용없겠지요? 또 너무 익어버려도 소용없습니다. 부처님과 선지식들은 능숙한 농사꾼처럼 그 시기를 잘 아십니다.

말리부인도 그런 시기를 맞은 사람이었습니다. 이에 부처님은 말리원을 지나시다가 목이 말라 물을 한 그릇 청했습니다. 말리부인은 물을 떠서는 그릇에 나뭇잎을 하나 띄워 올렸습니다. 부처님이 물었습니다.

"왜 나뭇잎을 띄웠느냐?"

"갈증을 심하게 느끼시는 것 같아 급히 드시다 체할까 염려돼서 그랬습니다."

"네가 참 총명하고 현명하구나."

부처님은 물을 다 드시고 나서 빙그레 웃으시며 말씀하셨습니다.

"너의 전생과 금생의 업이 다 소멸되어가는구나. 곧 좋은 일이 있을 것이다."

그 후에 파사익 왕이 동산을 지날 일이 있었습니다. 파사익 왕도 더위에 목이 말라 물을 청했습니다. 말리부인은 부처님에게 물을 드렸을 때처럼 나뭇잎을 띄워 물을 바쳤습니다. 나뭇잎을 띄운 연유를 들은 파사익 왕은 말리부인의 총명함과 미모에 반했습니다. 그리하여 동산 주인에게 몸값을 지불하고 왕궁으로 데려와 후궁으로 삼았습니다. 후에 왕비가 죽자 임금은 그녀를 정식 왕비로 삼았고, 말리원에서 데려왔다고 해서 말리부인이라 칭하게 되었습니다.

파사익 왕과 말리부인은 부처님을 공경하는 사람들이었습니다. 말리부인은 부처님 법문을 듣고는 크게 깨달았습니다. 그때 이웃의 작은 나라로 시집가 왕비가 된 딸 승만이 생각났습니다. 그래서 '우리 딸 승만은 총명하고 슬기로우며 근기가 뛰어나니 부처님의 가르침을 쉽게 깨달을 수 있을 것'이라고 생각하고는 부처님의 헤아릴 수 없는 공덕을 찬양하는 글을 담아 딸 승만에게 보냈습니다. 승만부인은 편지를 읽어보고 환희심이 일어나 그 자리에서 부처님께 귀의하였습니다. 그러고는 부처님을 친견하기를 간절히 발원하며 게송으로 노래했습니다.

"부처님은 세상에 일찍이 없었던 바라 그 말씀이 참으로 진실한 분이시니 내 마땅히 공양을 해야 하리."

이렇게 발원을 하자, 허공에서 부처님이 밝은 광명을 널리 비치며 모습을 나타내셨습니다. 부처님의 모습을 친견한 승만부인은 더욱 환희심이 솟아 부처님의 공덕을 찬탄하였습니다.

부처님은 바로 승만부인에게 수기를 내리셨습니다. 승만부인은 부처님을 친견하자마자 바라던 바를 이루었습니다. 깨달음을 성취한 것입니다. 그러고는 부처님 가르침을 설하였고, 또한 부처님으로부터 '진실로 너의 말과 같다' 하고 인가를 받았습니다. 그것이 바로 『승만경』입니다.

불자들은 살아가면서 애타는 일이 있으면 부처님께 간절히 기도를 올립니다. 기도를 할 때 '내가 원하는 바가 언제쯤 성취될까' 하고 조바심을 내기보다는 업장소멸을 기도하십시오. 부처님은 업장이 모두 소멸되어야 친견할 수 있고, 부처님을 친견하면 모든 소원이 성취되기 때문입니다. 해묵은 업장을 녹이는 것, 이것이 바로 기도의 원리입니다.

허공은
물들지 않는다

허공은 어떤 색에도 물들지 않는 법입니다.
마음을 허공처럼 가진다면 편안함과 고요함이 찾아듭니다.

이 세상에 아무리 물을 들이려고 해도 물들여지지 않는 것이 있습니다. 그것은 바로 허공입니다. 허공에는 붉은색을 칠하든 파란색을 칠하든 어떤 색을 칠하더라도 물이 들지 않습니다. 색을 칠하려면 바탕이 있어야 되는데 허공은 바탕이 없지요. 공(空)이기 때문에 물이 들지 않는 것입니다.

마음도 이와 같습니다. 부처님의 마음이나 중생의 마음이나 그 바탕은 마찬가지로 허공처럼 맑고 깨끗해서 일체 번뇌로부터 오염될 수 없어요. 허공은 상을 주고 칭찬한다고 좋아하지 않습니다. 허공은 욕을 하고 비난한다고 화를 내는 적도 없습니다. 우리의 마음도 마찬가지입니다. 일체의 번뇌로부터 본래 물이 들지 않습니다.

그러나 현실적으로는 부처와 범부의 차별이 있습니다. 우리는 갖가지 근심걱정으로 때가 묻고, 칭찬을 들으면 좋아하고, 비난을 들으면 화를 냅니다. 참 신기한 일이지요. 근본 바탕은 부처님의 마음과 한 치도 다름이 없어 번뇌가 감히 침범할 수 없는데, 현실적으로 범부는 번뇌에 물들고 맙니다.

본래 물드는 법이 없는데도 물이 들었다면 그것은 중생의 허물입니다. '내'가 실재한다고 착각하고 갖가지 경계에 집착하기 때문에 번뇌에 물드는 일이 있는 것입니다. 만일 그 마음이 본래 허공과 같은 줄을 깨닫고 나와 경계에 집착하지 않는다면, 일체의 번뇌가 침범하지 못하게 됩니다. 이것을 깨달으면 저절로 고요하고 편안해지며 아무리 험한 일에 부딪혀도 일체의 차별심이 일어나지 않습니다. 좋다, 나쁘다, 괴롭다, 즐겁다, 옳다, 그르다 등의 잡다한 감정과 주장이 붙을 데가 없습니다.

허공은 어떤 색에도 물들지 않는 법입니다. 그러므로 항상 마음을 허공처럼 가진다면 편안함과 고요함은 저절로 찾아들 것입니다.

진리를 구하는
자세 Ⅰ

연애할 때처럼 절실한 심정으로 기도한다면
성취 안 될 것이 하나도 없습니다.

법은 보고, 듣고, 느끼고, 아는 것, 즉 감각작용으로는 얻을
수 없습니다. 도를 닦고 법을 구하는 사람이 감각작용에 마음을 쏟
는다면 이것은 업을 계속 쌓는 것일 뿐, 공부하는 것이 아닙니다. 자
기가 익혀온 업에 따라 좋다고 여기는 것을 향해 마음이 치달리게
되지요.

모름지기 공부를 하려면 먼저 감각기관의 문을 차단시켜야 합니
다. 부처가 마음 한가운데에 항상 고요히 앉아 있어야 비로소 수행
을 하는 것입니다. 기도를 할 때도 마찬가지입니다. 관세음보살을 염
하든, 나반존자를 염하든 항상 어디를 가거나 내 마음속에 자리 잡

고 있어야 합니다. 감각의 문을 활짝 열어놓고 있으면 찾을 때는 있다가 찾지 않으면 흔적도 없이 사라져버리고 맙니다.

기도를 하면서 연애할 때처럼 절실한 심정으로만 기도한다면 성취 안 될 것이 하나도 없습니다. 주머니 속에 귀한 물건이 들어 있으면, '혹시 잃어버리지나 않았을까' 하는 노파심에 자꾸만 손이 주머니로 가게 됩니다. 이렇듯 귀중한 보물 다루듯이 자꾸 확인해보아야 합니다. 보물이 주머니에 온전히 있다는 것을 확인하면 안심이 돼요. 마찬가지입니다. 부처님이 내 마음속에 온전히 좌정하게 되면 만사에 안심이 됩니다. 마음이 편안하면 그 사람의 삶 또한 바르게 서게 되는 것입니다.

진리를 구하는
자세 Ⅱ

백척간두에서 한 걸음 내디딜 때
새로운 세계가 열립니다.

사리불이여, 진리를 구하는 사람은 부처에게 집착하여 구하지
도 않고, 부처의 가르침에 집착하여 구하지도 않고, 스님에게 집착
하여 구하지도 않습니다. 진리란 무위인 것입니다. 그렇기 때문에 만
약 진리를 구하려 한다면 일체의 법에서 구하는 일이 있어서는 안
됩니다.

_유마거사

세속에서 살아가면서 지위와 능력을 탐내는 것이야 그러려니 넘어
갈 수 있지만, 불법에 들어와서까지 지위와 능력을 탐내는 것은 있을

수 없는 일입니다. 남보다 더 뛰어나고 존경받고 대접받으려고 불법을 공부한다면 업만 쌓입니다.

중생은 참으로 짊어진 것이 많습니다. 무슨 보물이나 되는 것처럼 짊어지고 다니는데 사실 털어보면 먼지투성이에 냄새나는 업보따리일 뿐입니다. 선지식들이 늘 '내려놓아라, 내려놓아라' 하고 아무리 타일러도 절대로 내려놓지 않지요. 자기 스스로 내려놓기 전에는 부처님도 어쩔 수 없습니다.

불법도 마찬가지입니다. 남들보다 내가 더 능력 있고 뛰어난 지위를 획득하려고 불법을 공부하는 것이라고 생각한다면 이는 보따리 무게만 더하는 짓이지 무거운 짐을 내려놓는 것이 아닙니다. 진리를 구하려면 일체의 법에서 구하는 일이 있어서는 안 됩니다. 묵은 업들을 한꺼번에 몽땅 내던질 수 있는 자세를 가져야 합니다. 백척간두에서 한 걸음 내디딜 때 새로운 세계, 부처님의 세계가 열리게 되는 것입니다. 이 세계가 바로 신통변화의 세계입니다. 곧 부처님과 평등한 지혜와 복을 우리도 누리게 되는 것이지요.

모름지기 불법을 구한다면 신명을 바치겠다는 자세로 해야 합니다. 진실한 자세만 갖춘다면 전생의 과보를 소멸하고, 부처님과 같은 지혜와 복을 누리게 되며, 진리가 현현하는 새로운 세계가 눈앞에 펼쳐질 것입니다.

똑바로 생각하고
똑바로 살아가는 것

살아가는 그 자체가 도이고 진리입니다.
그런 삶 자체가 기도이고 염불이고 참선입니다.

흔히 부처님 탄생일은 사월 초파일이라고 알고 있지요. 그런데 부처님이 진정으로 완전무결하게 탄생하신 날은 섣달 초여드렛날, 성도재일입니다.

진리와 도는 앉고 서고 가고 오고 먹고 자고 하는 자리에 있는 것이지 다른 어디에 가야 있는 것이 아닙니다. 내가 무엇을 생각하고 있는가, 어떤 행동을 하고 있는가를 항상 살피고 잠자기 전에 하루를 반성해야 됩니다. 공자도 "하루 동안 자기가 한 행위를 자기 전에 최소한 세 번 반성하고 자라"고 했습니다. 이런 삶을 살면 어제와 오늘이 똑같이 갑니다. 십 년, 더 나아가 백 년을 살아도 흐트러짐 없이 살겠지요. 성인은 그렇게 살아갑니다.

싯다르타 부처님은 태어날 때부터 돌아가실 때까지 일생이 똑같 았습니다. 부처님은 나날이 복과 지혜가 증장하니까 늘 한결같았지요. 우리는 날이면 날마다 업을 지어서 복과 지혜를 까먹습니다. 성인의 삶과 중생의 삶은 거꾸로 되어 있습니다. 생각이 거꾸로니 삶도 거꾸로입니다. 범부 중생은 자기 생각대로 살지 못할 때가 많습니다.

그래서 부처님께서 어떻게 태어나서 살아가고 돌아가셨는가를 아는 게 중요합니다. 부처님의 탄생과 성장은 우리와 하나도 다르지 않습니다. 부처님도 태어날 때 어린아이로 태어났어요. 그러나 자기 마음대로 부모를 선택할 수 있었습니다. '내가 이 부모한테 태어나서 무엇을 할 것인가'에 따라 찾아가는 것입니다. '천재로 태어나서 위대한 업적을 남겨야 되겠다'고 하면 천재 집에 태어납니다. 최고의 부자가 되려면 재벌가에 태어나요. '불법으로 세상을 올바르게 끌고 가야 되겠다'고 하면 권력이 있어야 하니까 왕가에 태어납니다. 이렇게 부모를 선택하는 것입니다.

부처님은 금생에 임금의 집을 택했습니다. 임금은 복과 권력을 갖고 자기 뜻대로 할 수 있습니다. 권력을 가지고 세상을 휘두를 수 있습니다. 사바세계의 중생이 오직 복과 권력을 바라니까 부처님은 복과 권력을 동시에 다 갖고 있는 임금 집에 태어난 것입니다.

그런데 어느 날 부처님은 그것을 모두 버리고 출가를 했습니다. 세상의 부귀와 영화는 지나고 보면 일장춘몽과 같은 것입니다. 거기에 매달리고 목을 매면 죄만 짓게 됩니다. 부귀와 영화에 빠져 살면 당장은 괜찮을지 몰라도 그것이 절대 길지 않아요. 복을 받았다고 자만하면 밑바닥에 떨어지고 맙니다.

권력과 부도 정신을 차리고 쓰면 좋은데, 그것을 제대로 쓰고 간 사람이 몇이나 됩니까? 범부들이 그렇게 바라고 원하는 것이 권력이고 재물이지만 가장 위험한 것이기도 해서 부처님이 출가한 것입니다. 부처님은 부와 권력보다 백 배, 천 배 좋은 도를 선택한 것입니다.

도는 인생을 똑바로 생각하고 똑바로 살아가는 것입니다. 이 땅 위에서 올바로 살아가는 것이 도입니다. 그래서 부처님은 이 땅에 태어나서 몸소 시범을 보여주셨습니다. 부처님은 '천상천하 유아독존'이라고 했어요. 예나 지금이나 이 말의 진정한 가르침을 제대로 모르는 사람이 많은데, 그 진정한 뜻은 모든 사람들이 원만해서 누구에게도 뒤지지 않으며, 신분에 관계없이 똑같이 귀한 존재라는 의미입니다.

사람은 인격적인 모욕을 당할 때 가장 기분이 나쁩니다. 자존심을 침해당하면 누구라도 기분이 좋지 않습니다. 그런데 이상한 것은 부처님은 꼭대기에 있고 나는 맨 아래에서 헤매고 있는데도 아무렇지도 않다는 것입니다. 이럴 때 하늘 보기가 부끄러워야 합니다. '명색이 내가 사람으로 태어났는데 이게 무엇인가' 하고 부끄러워해야 합니다. 이럴 때 자존심을 세워야 합니다. 부처님이 천상천하 유아독존이라고 한 것은 중생 개개인의 자존심, 즉 명을 드높이신 일입니다.

흔들리지 않는
마음으로

마음에 동요가 일어나지 않는 것,
이것이 무심이고 평상심입니다.

살다 보면 이런저런 생각으로 머리가 복잡해지기 마련입니다. 보살은 이처럼 정신없이 바쁜 와중에도 결코 올바른 생각을 잃어버리지 않습니다. 마음에 동요가 일어나지 않아요. 이것이 바로 무심입니다. 무심이라고 해서 아무 생각도 없이 멍하게 살라는 뜻이 아닙니다. 만 가지 생각이 갖가지로 일어나더라도 그 바탕이 고요하여 움직임이 없는 것이 바로 무심이고 평상심입니다.

동서남북 어디로도 피할 곳이 없을 때에는 어떻게 해야 되겠습니까? 그 자리에 그대로 주저앉으면 됩니다. 이 말도 잘 알아들어야 합니다. 단순하게 체념하고 포기하라는 뜻이 아니라, 일단 마음을 잡고 앉아서 중심을 잃지 않고 지혜롭게 관찰하라는 것입니다. 그러고 보면 앉은 자리가 제일 편안한 자리임을 깨닫게 됩니다. 결국 한 발자국도 옮기지 않고 곧 일체의 악과 고통으로부터 벗어나게 됩니다.

옛 조사스님들은 "무엇이 도입니까?" 하고 물으면 "무심이 도이고 평상심이 도니라" 대답했습니다. 처한 상황에서 마음에 동요 없이 '다만 그렇게 할 뿐'이면 되는 것입니다.

잠자리에 들 때 오늘은 기필코 용꿈이나 돼지꿈을 꾸겠다고 작정한다고 해서 그런 꿈을 꿀 수 있습니까? 도리어 잠만 설치게 될 것입니다. 세상사도 마찬가지입니다. 욕심에 눈이 멀어 부귀와 명예를 따라 한평생 열심히 뛰어봤자 결국 용꿈 꾸려고 잠자리 설친 사람 표정밖에는 안 나옵니다. 억지로 용꿈 꾸려고 용쓸 것 없다는 것을 알아차릴 때 비로소 편안하게 잠자리에 들 수 있습니다. 이것이 바로 '다만 할 뿐'인 것이고 '무심'이고 '평상심'입니다.

천녀의
법문

꽃은 아무런 분별도 없습니다.
당신께서 분별하는 마음을 내신 것이 아닐까요?

연꽃은 반드시 진흙탕에서 피어납니다. 지금의 처지를 벗어
나 따로 진리를 구하고 도를 찾고자 한다면 그 사람은 온전한 정신이
라고 할 수 없습니다. 허공 속에서는 연꽃을 피울 수 없기 때문입니
다. 지금 살아가고 있는 자리에서 항상 마음을 고요히 거두고 스스
로를 돌아보며 불도를 닦아 나아가야 합니다.

유마거사의 방에서 법담을 나누는데 천녀가 법문을 듣다가 환희심
이 나서 하늘의 꽃을 방에 모인 사람들의 머리 위에 뿌렸습니다. 그
꽃이 사람들 몸으로 떨어지자 사리불존자는 몸에 붙은 꽃을 털어내

려고 했습니다. 그러자 천녀가 사리불존자에게 물었습니다.

"사리불존자시여, 무엇 때문에 애써 꽃을 떨어내려고 하십니까?"

사리불존자가 "꽃은 속된 물건이라 출가자에게는 부적당하기 때문입니다"라고 대답했습니다. 이에 천녀가 말했습니다.

"꽃이 왜 부적당한 것인가요? 꽃은 아무런 분별도 없습니다. 당신께서 분별하는 마음을 내신 것이 아닐까요?"

_『유마경』

꽃이 속된 것입니까? 사리불이 속된 것입니까? 꽃은 아무 말도 안 하고 아무 생각도 안 하는데 누가 속되다고 여기는 것입니까? 세상 구석구석을 샅샅이 살펴보아도 좋은 것 나쁜 것이 따로 적혀 있지는 않습니다.

그렇다면 과연 '좋은 것'은 어떤 것이 좋은 것입니까? 자기 마음에 들고 기분도 좋을 때는 좋게 보일 뿐입니다. 같이 사는 가족도 어떤 때는 "아이고, 이 원수야" 하며 원망하고, 어떤 때는 다정하고 살갑게 비춰지기도 합니다. 그때그때 자기 마음에 따라 달라 보이는 것입니다.

그래서 '일체유심조'라고 합니다. 마음이 모든 것을 만든다는 의미입니다. 비유하자면 화공이 하얀 종이 위에 그림을 그릴 때 처음부터 그림이 그려져 있는 것이 아니라 그리는 사람의 마음과 손에 따라서 그려진다는 것입니다. 만일 그림을 그릴 때 기분이 나쁘면 도깨비가 그려지겠지요. 기분이 좋으면 아마 미인을 그렸을 것입니다. 그러므로 마음을 늘 봄날같이 가지면 좋은 일만 생기고, 액운이 깃들수 없습니다.

범부는 무슨 일을 할 때 '무슨 이익이 있는가?', '무슨 가피력이 있는가?' 하고 득실을 따져봅니다. 여러분 중에는 이익을 많이 얻은 분도 있겠지만 아직 얻지 못한 분들도 있을 것입니다. 아직 얻지 못한 분들은 앞에서 비유한 것처럼 '봉사와 같고 캄캄한 밤과 같아 보지 못할 뿐이지 없어서 얻지 못한 것은 아니다'라는 것을 전제로 천녀의 법문을 새겨야 합니다.

치우침 없는
견해

진리나 법이란 이름에 집착하지 마십시오.
보살은 진정한 평등의 성품을 드러냅니다.

세상을 내 뜻에 맞게 바꾸려는 것은 어리석은 짓입니다. 행복은 밖에서 얻어지는 것이 아니라 내가 변화할 때 주어지는 것입니다. 부처님께서 "만약 보살이 정토를 얻으려 한다면 먼저 그 마음을 깨끗이 하라"고 말씀하셨듯이, 행복한 세상은 진실을 깨우치고 내가 변화해야지 얻을 수 있는 것입니다. 치우친 생각, 즉 편파적인 생각이나 배타적인 생각을 버리고 세상을 바라보면 지금 눈앞에 보이는 그대로가 곧 진리며 불국토입니다.

중생은 이렇듯 청정한 불국토를 보지 못합니다. 아상, 인상, 중생상, 수자상이라는 사상(四相)에 묶여 있기 때문입니다. 이런 생각들 때문에 나는 항상 옳고 너는 틀렸다고 여기며, 태산보다도 높은 아만심을 부리고 다른 사람에게서 조그마한 틈이라도 보게 되면 깔보고 무시합니다. 만물은 시들기 마련인데도 오래 살기 위해서라면 뱀탕에다 곰쓸개 등등 가리지 않고 먹습니다. 모두 사상에 집착하는 어리석음 때문입니다.

범부들은 차별만 보고 평등은 보지 못합니다. 갖가지 인연이 잠시 모인 것에 실체가 있는 양 집착하고는 쾌락과 만족을 쫓아 탐욕과 근심걱정에서 벗어날 줄을 모릅니다. 있는 그대로의 진실한 모습을 사실대로 말해줘도 알아듣지 못하기에 부처님께서는 온갖 방편을 쓰셨습니다. 몸소 실천하고 '너희도 나처럼 할 수 있다'는 것을 보여주신 것이지요.

그런데 범부들은 차별상을 떠나라고 말하면 평등에만 집착합니다. 번뇌망상을 여의고 해탈하여 열반을 증득하라고 하면 실상을 보지 않고 경전의 말에만 집착합니다. 부처님께서도 이런 것을 염려하여 돌아가실 때 "나는 한마디도 말한 바가 없다"고 말씀하셨습니다. 조사스님들이 "팔만대장경은 뒷간 휴지에 불과하다"고 말씀하신 것 또한 진리나 법이란 이름에 집착하는 치우친 견해를 경계하려는 뜻이었습니다.

보살은 갖가지의 차별상을 떠나지 않고 그 자리에서 진정한 평등의 성품을 드러냅니다.

도 아닌 것을
행하는 도

나 아닌 것들을 내 것으로 취하는 것이 곧 삶입니다.
세상 속에서 살아가면서 죄를 짓지 않고 살 수 있는 방법은 없습니다.

세상 속에 사는 사람들이 만날 때마다 세속 이야기만 해서는 아무 소득이 없습니다. 신세 한탄이나 하고 서로 위로하는 것으로 그치고 맙니다. 자신의 삶을 개선하고 인격을 고양시키는 데에는 전혀 도움이 안 되는 거지요. 불법을 이야기해야 합니다. 힘들고 어려운 일을 겪을 때마다 불법을 기준 삼아 슬기롭게 세상사를 풀어가야 합니다.

스님들 또한 마찬가지입니다. 항상 세상사로써 불법을 이야기해야지 자기의 소견만을 고집하고 세상을 도외시하는 것은 잘못입니다. 얼마 전에 삼십여 년 동안 열심히 수행정진하신 스님을 만나 서로 애기를 나눈 적이 있습니다. 그런데 아주 원칙에 딱 맞는 말씀만 하시는 겁니다. 너무나 원칙만을 고집하므로 융통성이라고는 조금도 없어 보였습니다. 그래서 제가 물었습니다.

"스님, 구부러진 손가락이 낫습니까? 마음대로 움직일 수 있는 손가락이 낫습니까?"

"아! 당연히 마음대로 움직이는 손가락이 낫지요."

아무리 원칙에 합당한 소견이나 말이라도 그것만을 고집하고 집착한다면 오그라든 채 펼 줄 모르는 손가락과 같습니다. 진리란 유연함이지 막대기처럼 뻣뻣한 것이 아닙니다. 세상 속에서 살아가면서 죄를 짓지 않고 살 수 있는 방법은 없습니다. 소 잡는 일이 생업인 백정은 살생하지 않으면 당장 먹고살 수가 없어요. 백정이란 직업만 그런 것이 아닙니다.

회사도 마찬가지입니다. 회사는 공동의 힘으로 이익을 창출해내고 그 이익을 나누어 가지는 집단입니다. 그 이익은 허공에서 가져오는 게 아니에요. 나에게 이익이 생기면 다른 누군가에게는 반드시 손해가 있기 마련입니다. 이는 자연 법칙입니다. 회사에 다니는 모든 직장인들은 결국 살기 위해 누군가에게 혹은 무엇인가에게 손해를 끼치고 피해를 주는 일에 동참하고 있는 셈입니다.

의술을 배우러 온 사람에게 스승이 산에 가서 약초를 구해오라고 했습니다. 제자는 약초를 찾아 온종일 산을 뒤졌지만 저녁에는 빈 망태기를 둘러메고 돌아올 수밖에 없었습니다. 제자 눈에는 모든 것이 다 쓸모없는 잡초로만 보였던 것이지요. 많은 세월이 흐른 뒤에 다시 스승이 제자에게 산에 가서 약초를 구해오라고 보냈습니다. 그런데 이번에도 제자는 빈 망태기로 돌아올 수밖에 없었습니다. 이번에는 모든 것이 약초 아닌 것이 없어서 가져가자면 온 산을 몽땅 짊어지고 가야 할 형편이었던 것입니다. 몰랐을 때는 잡초였는데 알고 보니 모두 약초였던 것이지요.

세상사도 마찬가지입니다. 그 사람이 지혜가 있는 사람인가 없는 사람인가에 따라, 또 마음을 어떻게 쓰느냐에 따라 이 세상은 진리가 현현되는 정토가 되기도 하고, 살아남기 위해 아귀다툼을 벌이는 지옥이 되기도 합니다.

원망의 마음을
버리고

상대방을 위해서가 아니라 나 자신을 위해서
원망하는 생각을 지워야 합니다.

우리는 자신의 처지가 남들만 못하다고 신세 한탄을 합니다. 어떤 이는 자신의 잘못을 남의 탓으로 돌리고는 원망하고 노여워하며 한세상을 보내기도 합니다. 또 손해를 보았다는 생각이 들면 원통하고 억울해합니다. 하지만 원망한다고 내가 입은 손해가 보상되지는 않습니다. 보상되기는커녕 내 마음대로 움직여주지 않는 상대방이 더욱 야속하고 억울한 마음만 쌓입니다.

억울한 일이 있다면 상대방을 위해서가 아니라 나 자신을 위해서 원망하는 생각을 지워야 합니다. 마음속에 '억울하다'는 생각이 든다면 곧바로 '내가 아직 공부가 멀었구나' 생각하고 스스로를 다스려야 합니다.

　남들보다 자기가 잘살거나 명예나 권세가 높다고 여겨지면 우월감을 느끼게 됩니다. 명문대 석·박사 학위를 가진 사람들 중에 자신들이 잘난 것으로 착각하는 사람들이 많습니다. 하지만 배운 만큼 세상을 현명하게 잘 살아가는 것도 아닙니다. 오히려 더 많이 따지고 더 욕심 부리고 더 잘 싸웁니다. 배운 것이 적은 사람들이 원만하고 무난하게 살아가는 모습들을 쉽게 볼 수 있습니다. 자기가 잘났다고 생각하게 되면 반드시 상대방을 무시하게 됩니다. 그러면 자꾸 마찰이 생기고 다툼이 일어납니다. 지식은 많을지 몰라도 현명한 행동을 이끌어내는 지혜는 부족한 탓이지요.

　세상을 살자면 욕심도 내야 하고 성도 내야 하고 때론 아둔한 모습도 보여야 합니다. 하지만 보살은 그런 모습을 보일지라도 결코 번뇌에 물들거나 그런 마음이 자기 자신을 속박하도록 내버려두지 않습니다.

　조선 선조 시절에 황희 정승은 젊을 때는 사리판단이 분명하고 무척이나 깐깐한 사람이었습니다. 하지만 노년에 불법을 알고 나서는 완전히 달라졌습니다. 이 사람이 말하면 "그 말이 옳다"고 하고, 저 사람이 말하면 또 "그 말도 옳다"고 하고, 옆에서 "왜 둘 다 옳다고만 합니까?" 하면 "그 말도 옳다"고 했습니다. 어떻게 보면 바보 같지요? 그러나 두 사람을 화해시키는 데에는 이보다 좋은 방법이 없었던 것이지요. 이것이 바로 불법입니다.

참다운
자비와 나눔

어려운 이웃을 보면 쓰라린 마음과 연민이 솟아나
사랑을 건네주고 고통과 어려움을 나누는 것이 자비심입니다.

고려 말에 혜근선사라는 유명한 스님이 계셨습니다. 이 스님의 호가 나옹인데 풀이하면 '게으른 늙은이'라는 뜻입니다. 이 스님은 남들이 부지런을 떨 때 혼자 유유자적하며 세월을 보냈습니다. 그래서 이런 호가 붙게 된 것이지요.

사람들은 다들 부지런하게 살아갑니다. 돈과 명예와 이익을 좇아 달려가고 있는 것이지요. 나옹선사는 부귀나 명예를 구하는 일에는 게으르지만 반대로 공덕을 쌓고 마음을 닦는 일에는 남보다 몇 배로 부지런하셨던 분입니다. 이것이 바로 불법입니다.

진리는 자비에 의지해서 드러납니다. 어려운 이웃을 보면 쓰라린 마음과 연민이 솟아나 도저히 그냥 지나칠 수 없어, 자신이 지닌 사랑을 건네주고 고통과 어려움을 나누는 것이 바로 자비심이지요. 진실로 타인을 내 자신처럼 소중하게 여기는 마음이 바로 중생의 자비이며, 중생으로 하여금 보리심을 일으켜 피안에 이르도록 하는 것이 바로 보살의 자비이고, 깨달음으로 중생을 성숙시켜서 생사를 벗어나도록 하는 것이 불법의 대자대비입니다.

중생은 업에 굴림을 당하고 살아가는 존재들입니다. 스스로 주인의 자리를 차지하지 못하고 익혀온 습관, 즉 업이 주인 행세를 하게 되는 것이지요. 불법은 병든 이들에게는 어진 의사가 되어주고, 길 잃은 이들에게는 바른 길을 가리켜주고, 어두운 밤에는 등불이 되어주고, 가난한 이들에게는 재물을 얻게 합니다. 이와 같이 불법은 모든 이웃과 중생에게 평등하고 이로운 일을 행합니다.

올바른 지혜는 자비를 통해 드러나는 것이며, 참다운 자비는 이웃으로 향할 때 참다운 실현이 되는 것입니다. 모든 이웃과 중생에게 평등한 마음을 내어 자비행으로 중생의 고통을 함께 나누는 것이 부처님의 참된 깨달음을 성취하는 길입니다.

인간은 누구나
평등하다

몸과 마음이 하나가 되고 바깥 경계와 내가 어긋나지 않아야
매사를 분명히 알아차릴 수 있습니다.

"출생에 의해서 그 사람이 바라문이 되고 귀족이 된다는 것
은 있을 수 없다."

부처님은 이천 육백여 년 전에 이미 인간은 누구나 평등하다는 법
을 선포하셨습니다. 부모가 가난해서 천민이 되거나 부모가 왕족이
라서 귀족이 된다는 법은 없다고 선언하셨습니다. 당시 가장 대접을
받은 계층은 바라문(성직자 계급)인데, 바라문 집안에서 태어났다고
저절로 바라문이 되는 법은 더욱 있을 수 없다고 하셨습니다.

사람은 누구나 근본적으로 평등하지만 현실에서 격차가 있는 것
은 개개인의 행위에 따른 결과일 뿐, 출신에 따라 차별해서는 안 된

다는 뜻입니다. 사실 사람이 평등하다고 해서 모두가 똑같이 살지는 않지요. 다만 그 차이가 행위나 노력의 결과가 아닌, 출신에 따른 차별이 아니어야 한다는 것입니다.

이왕 사는 인생, 제대로 살아야겠다는 마음을 내어 늘 수행하며 살아야 합니다. 수행이라는 것은 갈고 닦는 것입니다. 기도하고 참선하며 부처님의 법을 늘 생각하는 습관을 들이는 것입니다. 그러면 마음과 말과 행위가 반듯해집니다. 이런 사람은 복을 받게 되어 있습니다.

복은 함부로 담기는 게 아닙니다. 하늘이 복을 내려도 말과 행동거지, 사고방식이 반듯한 사람만 담을 수 있습니다. 그릇이 온전해야지 물을 담지 만일 그릇이 깨졌거나 엎어져 있으면 물을 담을 수 없지요. 역행을 하면서 세상을 살아가는 것은 마치 깨졌거나 엎어놓은 그릇에 물을 담으려는 것과 같습니다. 그래서 몸과 마음이 하나가 되고 바깥 경계와 내가 어긋나지 않아야 매사를 분명히 알아차릴 수 있다고 강조하는 것입니다. 부처님 법에 거스르거나 어긋나는 행동을 하지 마십시오.

바다에
파도가 없다면

바다가 삶의 무대라면 자신이 바다의 중심에 있는지
한쪽 구석으로 밀려나 있는지를 생각해보세요.

사람은 어떤 행위를 하느냐에 따라 존경도 받고 멸시도 받습
니다. "내가 오늘날까지 어떻게 살아왔는가? 이 자리까지 어떤 인생
길을 걸어왔는가?" 돌이켜볼 줄 알아야 합니다. 자기 자신을 반성하
는 사람치고 훌륭하지 않은 사람이 없습니다. 자기 자신을 존중할
줄도 모르고 반성도 하지 않는 것은 함부로 사는 것입니다. 남에게
공덕을 베푸는 삶 역시 자기를 반성하는 일에서부터 시작됩니다.

망망대해일지라도 바다가 처음부터 깊은 것은 아닙니다. 차츰차
츰 깊어집니다. 바닷가에서 바다 쪽으로 조금씩 발을 디디다가 깊어
지는 데가 나오면 겁이 나지요.

우리가 살아가는 삶도 바다와 같습니다. 한 걸음 한 걸음 의식하지 않고 함부로 막 살다 보면 어느 순간 깊은 물에 빠지게 됩니다. 참으로 평범한 이치입니다. 열심히 스스로를 닦아나가면 마치 깊은 물에 들어갈 때처럼 자신의 수행이 조금씩 깊어지고 있다는 걸 깨닫게 됩니다. 그러면서 업장이 녹아버립니다.

바다는 날마다 한결같이 출렁이고 있지요. 마찬가지로 불법이나 진리는 모든 것에 그대로 꽉 차 있습니다. 불법과 진리가 영원함을 알고 열심히 배워 덕을 쌓아나가는 것이 참된 불자의 자세입니다.

모든 존재는 없다가 있고 있다가 없어집니다. 우리가 백 년을 산다고 해도 영원한 우주의 시간에 비춰보면 그 기간은 반짝하는 순간에 불과합니다.

「꿈」이라는 소설이 있습니다. 그 소설을 보면 주인공이 부처님께 예불을 올리면서 "지심귀명례 삼계도사 사생자부 시아본사 석가모니불……" 하고 염불하는 동안에 일생을 다 산 것으로 묘사하고 있습니다. 염불하는 잠시 사이에 주인공의 머리가 하얗게 세어버리지요.

인생이란 그토록 짧은 것입니다. 그럼에도 인간이 겪는 고통은 말로 다할 수 없습니다. 어리석어서 자신을 닦지 않고 업을 잘못 짓기 때문입니다. 바다를 삶의 무대라고 가정했을 때, 자신이 바다의 중심에 있는지 아니면 한쪽 구석으로 밀려나 있는지를 생각해보세요.

바닷가 한구석에 있으면 쉼 없이 파도가 때리고, 밀려온 쓰레기로 냄새는 고약하고 파리떼가 들끓습니다. 지옥이지요. 반면에 바다 한가운데는 그처럼 썩고 더럽고 고약한 것들이 전혀 없습니다. 다 같이 바다에 들어갔는데 무엇 때문에 누구는 태평양 한가운데에 있고, 누구는 구석에 박혀 있는가를 생각해보세요. 진리의 바다는 더러움을 머물게 하지 않습니다.

모든 존재는 평등하다고 했는데 왜 차별이 있을까요? 바다가 밀어냈을까요? 아니면 자기가 밀려났을까요? 바다가 밀어냈으면 차별인 것 같지요? 진리의 바다는 더러움을 머물게 하지 않기에 바다가 바깥으로 밀어낸 것입니다. 또 한 가지는 스스로가 청정하지 못해서 밀려난 것입니다. 어느 것도 탓할 수가 없습니다. 우리 자신이 업을 지었기 때문입니다.

진리의 바다에서
물러나지 마라

불법을 터득하고 나 자신을 닦으면
좁쌀 하나에 불과한 내가 우주를 포용할 수 있습니다.

세상이 천차만별인 이유는 각자의 업에 따른 것입니다. 선근이 있는 사람은 "내가 왜 이렇게 살고 있는 거야?" 하고 정신을 바짝 차립니다. 그러면서 다시는 업을 짓지 말아야겠다고 결심합니다. 선근이 없는 사람은 "나는 왜 이렇게 못나게 가난하게 사는가?" 하는 분한 마음이 있어야 합니다.

그렇지만 분한 마음이 거꾸로 가면 안 됩니다. "어떤 사람은 재수가 좋아서 잘사는데 나는 무엇 때문에 못사는가?"로 이어지면 안 됩니다. 시기나 질투를 일삼는 것은 큰 악업을 짓는 것입니다.

부처님이 계시던 당시 인도의 천민 노예는 바라문이 될 수 없었습니다. 그러나 부처님은 누구든지 출신 계급에 관계없이 수행자가 되고 성자가 될 수 있다고 하셨습니다. 불법이 위대한 것은 불법을 배우고 닦기만 하면 누구나 정화되어 성인이 될 수 있다는 것입니다.

강물이 바다로 흘러 들어갈 때 "나는 어느 강물이요" 하고 푯말을 들고 가지는 않지요. 설령 낙동강 물이요, 한강 물이요, 금강 물이요, 하고 저마다 자기를 내세운다고 해도 바다로 들어가는 순간 각각의 이름은 없어집니다. 바다는 한 가지 맛, 오직 짠맛뿐입니다. 불법에 들어오면 더 이상 과거에 연연할 필요가 없습니다.

자기가 지은 업은 모조리 다 받겠다고 뉘우치는 사람이 용감한 사람입니다. 지옥을 열두 번 갔다 오더라도 갔다 온 이후로는 죄를 씻어 당당해집니다. 이렇게 당당해지는 것이 불교입니다. 용기가 생기면 두려움도 없어집니다. 이 세상에 와서 진실로 잘 살아온 사람은 죽음을 앞두고도 전혀 동요하지 않습니다. 아무것도 두려워하지 않습니다. 그 이유는 두 가지입니다. 하나는 불법의 이치를 확실히 깨달았기 때문이고, 또 하나는 불법을 알고 자신의 업을 다 청산했기 때문입니다.

깨달음은 하늘에서 내려오는 것도, 누가 주어서 받는 것도 아닙니다. 각자의 마음에서 확 터져 나오는 것입니다. 조그마한 내 심장 하나가 이 우주를 다 끌어안을 수 있습니다. 모든 것을 품을 수 있습니다. 불법을 터득하고 나 자신을 닦으면 '나'라고 하는 조그마한 좁쌀 하나가 이 우주를 다 포용할 수 있습니다. 이것이 불법의 이치입니다.

마음의 그림자를
소멸시켜라

뜨겁고 밝은 내면의 힘이 솟을 때
어둠과 그림자가 전부 사라져버립니다.

처음 기도하고 염불하고 참선할 때는 힘이 들고 하기도 싫고
귀찮기만 합니다. 해봐도 별로 표시가 안 나니까 하다가 그만두기도
하고, 또 바쁜 일이 생기면 어느 결에 화두를 놓치거나 염불을 잊어
버립니다. 그래도 꾸준히 하면 하기 싫은 단계를 지나 차츰 괜찮아
집니다. 그 고비를 넘어서면 재미가 납니다. 열심히 끌어올려보세요.
곧 재미가 붙습니다. 재미가 붙으면 싫다, 귀찮다, 힘들다 하는 이런
마음이 없어집니다. 마음에 동요가 일어나지 않고 딱 버티고 좌정을
하게 됩니다.

그러면 태산같이 편안해집니다. 그때부터는 처음의 재미와는 차원

이 다른 희열이 넘쳐요. 마음 저 깊은 곳에서부터 온천수가 폭발하듯이 넘치는데, 그 희열은 감당을 못합니다. 마음속에서 한없는 희열이 솟으면서 굉장한 힘도 생깁니다. 온 세상을 다 끌어안을 수 있는 힘, 온 세상을 다 누를 수 있는 힘, 그런 힘이 솟습니다.

바로 그런 힘이 솟을 때, 뜨겁기로는 용광로보다 더 뜨겁고, 밝기로는 태양보다 더 밝은, 그런 뜨겁고 밝은 내면의 힘이 솟을 때 우리 중생의 무거운 업이 일시에 다 타 없어지고, 어둠과 그림자가 전부 사라져버립니다. 그럴 때 깨달음을 얻고 성불하는 것입니다.

밝음이란 무엇일까요? 밝다는 것은 어둡지 않다는 말입니다. 밝음이 무엇인지 모르면 얼마나 캄캄하겠습니까? 태어나서 어두운 업만 닦으면 밝음이 무엇인지 모릅니다. 진정한 밝음을 모르니 어두운 데 살아도 어두운 줄 모릅니다. 늘 박복하게 살아서 어둠이 습관이 되어 그렇습니다. 그것을 우리는 업이라고 합니다. 중생의 고통 속에서 살다 보니 "사람 사는 게 다 그런 거지" 하며 체념하게 됩니다. 마치 대명천지 밝은 곳을 피해서 땅 밑으로 들어가기 바쁜 두더지 같습니다.

우리는 밝은 지혜와 복덕을 누리지 못하고 일생을 찌들어 살면서도 체념해버립니다. 어둠을 당연한 것으로 생각합니다. 이럴 때 마음이 밝은 쪽인가 어두운 쪽인가를 따져보아야 합니다. 어둠에서 밝음으로, 어리석음에서 현명함으로 방향을 잡고 거꾸로 돌아가지 않도록 애쓰는 것이 기도와 참선입니다.

수행은 매일 항상, 지금 이 순간 어두운 짓을 안 하면 됩니다. 행동이든 생각이든 말이든 알고 깨어 있어야 합니다. 알아차림이 없으면 업보의 그림자가 따라옵니다. 알아차림이 있으면 업식이 따라오지 못합니다.

밝음을 찾는
자리

괴로움과 복은 정해져 있지 않습니다.
죄는 마음이 어두운 데에서 비롯되고, 복은 마음이 밝은 데에서 시작됩니다.

괴롭고 힘드십니까? 괴롭고 힘들고 고달플 때는 왜 이리 고달픈지 마음을 한번 돌이켜보십시오.

흔히들 힘들면 괴롭다고 말하지만, 내가 당연히 해야 할 일이고 몸이 부서지고 죽는 한이 있어도 해야겠다고 마음먹을 때는 괴롭지 않습니다. 괴로움과 복은 정해져 있지 않습니다. 마음이 밝은지 어두운지에 따라 복과 죄업이 정해집니다. 무엇은 복이 되고 무엇은 죄가 되는가, 죄는 마음이 어두운 데에서 비롯되고, 복은 마음이 밝은 데에서 시작됩니다.

밝음이란 무엇일까요? 미혹이 영원히 없는 상태입니다. 잠깐 밝았다가 다시 어두워지는 것은 밝음이 아닙니다. 그렇다면 이 세상에서 영원히 밝은 것은 무엇일까요? 세상에서 제일 밝은 태양도 영원히 밝다고 볼 수 없습니다. 그런데 영원히 밝은 게 하나 있습니다. 부처님은 우리의 마음을 영원히 밝게 해주셨습니다. 마음을 밝게 하면 생로병사의 그림자가 사라집니다. 마지막까지 환하고 밝은 상태를 유지하는 것을 열반이라고 합니다. 열반이란 결국 마음을 덮고 억누르고 있던 그림자, 즉 업을 다 소멸시켰다는 뜻입니다. 마음의 그림자를 소멸시키지 않으면 괴로움에서 영원히 벗어나지 못합니다. 업을 벗어나지 못한다는 말입니다.

어떤 사람은 항상 밝게 사는데, 어떤 사람은 얼굴을 찌푸리고 삽니다. 똑같이 햇빛을 받고 똑같이 땅을 디디고 사는데 왜 이런 차이가 생기는 것일까요? 마음의 원리를 모르고 살기 때문입니다. 업의 그림자는 바로 생로병사로 표현됩니다. 윤회는 세상이 도는 게 아니라 내가 세상 속에서 도는 것입니다.

수행은 잘못 굴러가고 있는 것을 세워 원점으로 돌아가는 일입니다. 부처님은 세상을 원점에서 바로 보신 분입니다. 수행이란 어려운 것이 아니라 순간순간 말 한마디, 생각 하나, 행동 하나가 이치에 맞는지 틀리는지를 살피는 일입니다. 잘못한 일이 있으면 과보를 받을 것을 분명히 알고 책임지면 됩니다. 그러면 억울할 일이 하나도 없습니다. 지옥 갈 죄를 지었다 하더라도 죄를 알고 가면 그 사람에게는 지옥도 더 이상 지옥이 아닙니다. 이런 것이 밝음입니다.

어둠에서
깨우침으로

어제 일도 오늘 기억하기 어려운데
하물며 금생 일이 내생까지 연결되겠는가?

두 스님이 각자 산속에서 수행을 하다가 오랜만에 만나 담소를 나누었습니다.

"요새 공부 좀 한다는데 잘 되어가는가?"

"하고는 있는데 제가 근기가 둔해서 공부를 해도 표시가 나지 않아 힘이 드네."

"그래서 어찌하려 하는가?"

"아무리 생각해보아도 나이도 들고 근기도 미치지 못하여 금생에는 어려울 것 같아 복이나 짓고 인연이나 좀 맺으려 하네. 내생에 태어나 열심히 하겠네."

"좋기는 좋으나, 어제 일도 오늘 기억하기 어려운데 하물며 금생 일이 내생까지 연결되겠는가?"

이 말을 듣고 도반스님은 아무 말도 하지 못했습니다.

금생에 부지런히 노력해서 성과를 이루지 못하면 내생에도 소용이 없습니다. 그러니 시간 있다고 여유 부릴 짬이 없습니다. 지금 열심히 자기 업을 닦아놓아야 내생에 금생처럼 후회하는 삶을 살지 않습니다. '염라대왕이 오면 그 앞에 당당히 서겠다'는 마음으로 살아야 합니다.

옛날에 중국의 한 총림에 원주스님이 있었습니다. 십 년쯤 원주를 하다 보니 짬이 없어 공부를 하지 못했습니다. 그러던 어느 날 염라 대왕의 사자가 방에 나타났습니다. 그러자 놀란 스님이 이렇게 말했습니다.

"여보시오. 내가 총림의 살림을 살다 보니 시간이 없었소. 불법을 공부하는 스님들을 보살피다가 정작 내 공부를 못 했는데, 순서로 치자면 공부를 가장 많이 한 스님을 먼저 데려가야 맞지 않겠소?"

이 말을 들은 사자가 머뭇거리면서 "그러면 어쩌면 좋겠는가?" 하고 물었습니다.

"염라대왕이 인정사정없는 분인 줄 익히 알지만 더도 말고 일주일만 말미를 좀 주시오."

스님은 이렇게 말하고 그 자리에서 참선을 시작했습니다. 그런데 일주일 후에 사자가 다시 왔는데 도무지 스님을 찾을 수 없었습니다. 그 스님이 일주일 만에 견성해버렸기 때문입니다. 공부하는 마음가

짐은 이래야 합니다. 지금 당장 목전의 일이라는 생각이 있어야 합니다. 지금이라는 일념에 들어가면 염라대왕이 오더라도 피할 수 있습니다.

깨달음이란 무엇일까요? 어리석음이 영원히 없어지는 것입니다. 한번 깨달아서 어리석음이 영원히 사라지는 것이 성불입니다. 결국 어리석음도 어두움도 모두 내가 만들었으니 바로 거기에서 괴로움이 생겨납니다. 괴로움의 실체가 없다고 말하는 것입니다.

생로병사의 괴로움 역시 마찬가지입니다. 괴로움의 실체가 없으니 생사가 없습니다. 생사가 없으니 열반도 없습니다. 생사가 없으니 그 것이 소멸한 열반도 없다는 말입니다. 생사는 중생이고 열반은 부처님이지만 생사가 없고 열반이 없으니 중생도, 부처도 없습니다. 정말 없어서 없다는 것이 아니라 영원히 밝음과 지혜뿐이기 때문에 그렇게 말하는 것입니다.

근본을 말하자면 오직 밝음뿐이요, 지혜뿐입니다. 자신이 괴로우면 그 괴로움의 근본이 어리석음인 줄 알고 그 마음을 뒤집으면 됩니다. 자신의 마음을 뒤집으면 부처이고 돌리지 못하면 중생입니다. 그래서 예전 도인들은 "깨치는 것은 세수하다가 코 만지기만큼 쉽다"고 했습니다. 이렇게 쉬운 길을 닦아가기 위해서는 두 가지를 작심해야 합니다.

하나는 인욕입니다. 아무리 힘들고 어려워도 참고 해내겠다는 의지입니다. 다른 하나는 정진입니다. 힘든 일을 해내려는 노력입니다.

부처님께서도 이 고통스러운 세상을 살기 위해서는 인욕과 노력

정진이 필요하다고 강조하셨습니다. 이 두 마음으로 살면 세간에서는 성공할 것이고, 출가해서는 성불할 수 있습니다. 세간인 사바세계라는 말 자체에 이미 인욕과 정진이 내포된 것 아니겠습니까? 모래알처럼 많은 시방세계 부처님 중에서는 석가모니 부처님이 인욕과 정진에서 으뜸입니다.

대지는 만물을 만들어냅니다. 모든 것이 그 속에서 자라납니다. 마찬가지로 모든 법은 마음에서 생깁니다. 세상의 법은 빼앗고 빼앗기는 일, 죽이고 죽는 일에 관련되어 있습니다. 그러나 불법은 사람을 살리는 법입니다. 인생을 아무리 참고 견디며 살아도 불법의 진리를 모르면 인생이 무엇인지 모릅니다. 불법을 공부하십시오. 그러면 즐거운 삶이 될 것입니다.

일단
멈추어 서기

막무가내로 떠밀려갈 것이 아니라 일단 멈추어 서서
내가 지금 어디에 서 있는지를 살펴보세요.

근본이치로 실상을 살펴보면 쌓아둘 만한 것도 없고, 애써 집
착해서 구할 만한 것도 없습니다. 세상천지를 다 뒤져보세요. 항상
선이라고 할 만한 정의가 과연 있고, 항상 악이라고 할 만한 잣대가
과연 있는지. 영원한 행복이 보장된 세계는 도대체 어디에 숨어 있기
에 동서남북 사방팔방으로 헤매고 다녀봐도 손에 쥐는 것은 빈손뿐
일까요.

길을 잃었을 때 가장 먼저 해야 할 일은 일단 멈추어 서는 것입니
다. 알지도 못하면서 막무가내로 남에게 떠밀려갈 것이 아니라, 일단
멈추어 서서 정신을 차리고 도대체 내가 지금 어디에 서 있는지를 살

펴보아야 합니다.

그다음에는 어떻게 해야 할까요? 내가 모를 때는 남에게 물어서 확실한 위치를 알고 나서 가면 되는 것입니다. 그렇지만 그곳에 처음 온 사람을 붙잡고 묻는다면 시간낭비만 하게 됩니다. 또 그곳에 살기는 하지만 지리를 제대로 모르는 사람에게 길을 물었다간 고생만 더 하게 될 것입니다. 그렇다면 누구에게 물어보면 가장 빠르겠습니까?

인생행로에서 길을 가리켜주는 교통순경은 바로 부처님이십니다. 부처님은 흔들리지 않는 중심인 본심, 청정심을 회복하시고 일체 망상번뇌의 갈림길들을 낱낱이 알고 계십니다.

예불을 드릴 때마다 우리는 "지심귀명례 삼계도사 사생자부"라고 합니다. 부처님은 삼계의 모든 중생들을 영원하고, 청정하며, 진정한 즐거움이 있는 해탈의 세계, 열반의 세계로 인도하는 안내자와 같은 분이십니다.

복잡한 길에서는 자세히 설명해주더라도 다시 길을 잃기 쉽습니다. 사거리 한복판에 서보는 것이 가장 정확하고 빠를 것입니다. 마찬가지로 우리가 시급히 해야 할 일은 우리도 부처님처럼 마음의 중심을 회복하는 일입니다. 마음의 중심을 잡게 되면 더 이상 세상 사람들의 근거 없는 말에 흔들리지 않게 됩니다. 수많은 갈림길의 종착지가 두 눈에 환히 보이는데 제대로 알지도 못하는 사람의 말에 흔들릴 일이 있겠습니까? 이런 사람에게는 분명한 소신이 생기고, 정확한 판단력이 생기며, 확신에서 우러나는 힘이 생깁니다. 두려움과 불안과 의심의 흔적은 더 이상 찾아볼 수가 없습니다. 이것이 바로 본심, 즉 불성을 회복한 자의 힘입니다. 항상 주인공의 자리를 놓아버려서는 안 됩니다.

그대들이 어디를 가나 주인공이 되기만 한다면 서 있는 자리 그대로가 참되어 어떠한 경계가 닥친다 하더라도 그대들을 어지럽히지 못한다. 설령 오래된 습기(습관으로 형성된 기운이나 습성)와 오무간업(지옥으로 가게 되는 다섯 가지 무거운 죄)을 지었더라도 그것 자체가 해탈의 바다가 되는 것이다.

_임제스님

주인공은 어디에 있을까요? 진정한 '참 나'는 어디에 있을까요? 마음이 부처라고 하는데 그렇다면 '마음'은 어디에 있는 것일까요?

연야달다라는 여인이 있었습니다. 이 사람이 어느 날 거울을 보다가 '왜 내 머리가 저기에 들어가 있지' 하는 착각을 일으켰습니다. 그 생각이 너무 지나쳐 결국 이 여인은 미쳐버렸고 거리를 뛰어다니며 외쳤답니다.

"내 머리를 찾아주세요."

부처님이 그 광경을 보시고는 다가가 머리를 쓰다듬어주시며 말씀하셨습니다.

"너의 머리는 여기 있느니라."

연야달다가 머리를 잃어버린 적이 없듯이, 우리 또한 한 번도 주인공의 자리를 여읜 적이 없습니다. 만일 지금 내가 당면하고 있는 괴로움을 떠나서 달리 '참 마음', '주인공'을 찾으려고 한다면 이는 "내 머리 어디에 있냐"고 고함치며 돌아다니는 연야달다와 다를 바가 없습니다. 언제 어느 때나 항상 주인공의 자리를 떠난 적이 없었다는 사실을 명심하고 그 자리로 곧장 들어가도록 마음을 다잡아야 할 것입니다.

정법으로
기도하기

아무리 열심히 정진을 하더라도 삿된 마음이 있으면
정법과 거꾸로 가게 됩니다.

소나무 아래 한 동자가 있어 물으니

"노인들은 약 캐러 산에 가고 없습니다. 산에 계시겠지만

운무가 많이 끼어서 어디신지는 알 수가 없습니다."

___가도

당나라의 시인 가도가 지은 「심은자불우(尋隱者不遇)」라는 시입니
다. 여기서 소나무는 우리의 사대육신을 말합니다. 약을 캐러 갔다
는 말은, 육신은 여기 있는데 주인이 없다는 뜻입니다. 여기에서 운
무는 삼독과 오개(五蓋, 마음을 덮어 선법을 할 수 없게 만드는 다섯 가지

장애)의 번뇌를 말합니다. 산중은 마음을 비유하는 것으로 보면 됩니다. 산중에 노인도 있고 동자도 있습니다. 우리 마음이라는 주인공이 산중에 분명히 있기는 하지만 한 번도 찾아본 적이 없어 있는 줄 모르고 삽니다.

부처님 제자로서 청정한 신심으로 법문을 들으면 오개, 즉 다섯 가지 장애를 벗어납니다. 바로 탐욕심, 분노심, 게으름과 혼침, 들뜸과 흥분, 불법에 대한 의심입니다.

도를 닦을 때 도를 빨리 성취하지 못하는 이유는 여러 가지가 있습니다. 혼침도 한 가지 이유입니다. 혼침이란 잠을 많이 잔다는 것인데요, '잠을 좀 잔다고 무슨 일이 있겠는가', '생리적으로 당연한 일이 아닌가'라고 생각할 수 있습니다. 하지만 잠은 당연한 일이 아닙니다. 오랜 세월 길들여진 습관일 뿐입니다. 잠을 많이 자면 잘수록 시간이 헛되이 지나갑니다. 그럴수록 사람은 게을러집니다. 수행은 잠과 싸우는 일이기도 합니다.

중국의 고봉스님은 참선에서 가장 중요한 부분만 뽑아 후학들에게 지침이 되도록 『선요』를 썼습니다. 이 책에서 수행은 쏟아져 내려오는 물길을 거슬러 올라가는 것과 같다고 했습니다. 있는 힘을 다해 노를 저어야지 힘이 든다고 포기하고 물을 따라 내려가면 안 됩니다. 거센 물살을 거슬러가다 보면 배가 뒤집힐 수 있습니다. 그러나 찬물에 풍덩 빠지는 그 순간 손에 대어를 잡은 것처럼 천지가 개벽하는 경험을 합니다. 이것이 바로 견성입니다.

요즘 참선하는 사람들은 어떻습니까? 눈이 말똥말똥하다고 해서 참선하고 있는 것은 아닙니다. 생각이 깨어 있어야 합니다. 참선을 하거나 기도를 할 때는 삿되면 안 됩니다. 삿되지 않아야 정법에 접근할 수 있습니다. 아무리 열심히 정진을 하더라도 삿된 마음이 있으면 정법과 거꾸로 가게 됩니다.

수행을
시작할 때

앞으로 많은 부처님이 출현하셔도
내가 수행하지 않으면 아무 소용이 없습니다.

시간이 흘러갈수록 부처님 법이 세상과 멀어지는 날이 옵니다. 진리가 잘못되어서가 아니라 사람들의 마음이 삿되어서 그렇습니다. 미륵 부처님이 이 세상에 오실 때까지는 오십육억 칠천만 년이 걸린다고 합니다.

부처님께서 세상에 머무신 기간은 팔십여 년이고, 실제로 교화를 펼치신 기간은 사십오 년입니다. 그 기간 동안 부처님을 만난 사람은 전생부터 깊은 인연이 있었기 때문에 부처님 계실 때 태어나 직접 제도를 받은 것입니다. 그리고 이천 육백여 년이 지난 지금의 우리는 부처님께서 남기신 말씀, 곧 경전과 인연을 맺고 있습니다. 이렇게 맺은 인연은 우리의 씨앗이고 이 씨앗을 키우고 싹 틔우는 것은 우리의 몫입니다.

우리는 이미 부처님과 인연을 맺었습니다. 이런 인연을 잘 가꾸지 않으면 미륵 부처님이 세상에 오실 때나 되어야 싹을 틔울 수 있을 것입니다. 석가모니 부처님과 인연을 맺었으나 깨닫지 못한 사람들이 그때가 되면 모두 성불한다고 이야기합니다. 그렇지만 지금 우리가 부처님과 인연을 맺었는데 그 많은 세월 동안 나고 죽는 고통을 겪어가며 굳이 미륵 부처님 때까지 가야 할까요?

부처님 당시에 한 게으른 사람이 있었습니다. 부처님 말씀을 들으면 좋기는 좋은데 수행을 하거나 공덕을 쌓거나 선행을 닦으려니까 힘이 듭니다. 힘 안 들이고 되는 일은 없는지 찾아다니는 것이 우리 같은 중생의 심보지요. 그 게으른 사람도 부처님을 만났지만 성불의 공덕은 다 닦지도 못하겠고, 다음 부처님 나오실 때쯤 되어서 부지런히 시작하면 깨칠 수 있지 않을까 생각했습니다. 그러다가 어느 날 부처님을 찾아갔습니다.

"세존이시여, 당신 이후에도 부처님이 많이 출현하신다고 했는데, 얼마만큼의 부처님이 출현을 하십니까?"

"갠지스 강의 모래알보다 많은 숫자의 부처님이 출현하시느니라."

부처님의 대답을 듣고 게으른 사람이 속으로 쾌재를 불렀습니다. '얼마나 다행인가! 금생에는 마음 놓고 놀아도 괜찮겠구나' 하고 말이지요. 그런데 "예, 잘 알겠습니다" 하고 돌아가다가 갑자기 생각이 났습니다. 무슨 생각이 났을까요?

석가모니 부처님 이후로 갠지스 강의 모래알보다 많은 부처님이 출현하신다면 그전에는 어땠을까요? 이걸 묻지 않고 온 것입니다. 그래서 다시 돌아가 "석가모니 부처님 이전에는 얼마나 많은 분들이 왔다가 가셨습니까?" 하고 물었지요. 부처님은 아까처럼 "갠지스 강의 모래알 숫자만큼 많은 부처님이 오셨다 가셨느니라" 하셨습니다. 그 순간 이 게으른 사람은 정신이 번쩍 들었습니다. 앞으로 모래알 숫자만큼 많은 부처님이 출현하신다고 하니 걱정 안 해도 되겠구나 했는데, 지나간 부처님을 계산해보니 그럴 일이 아니었던 것입니다.

"아니, 세상에 그렇게 많은 부처님이 지나가셨습니까?"

"앞으로 그렇게 많은 부처님이 출현하신들 그대와 무슨 상관인가?"

그 사람은 자리에 풀썩 주저앉으면서 말했습니다.

"그럼 저는 어떻게 해야 합니까? 과거에 그렇게 많은 부처님께서 지나가셨어도 이 정도인데 앞으로 많은 부처님이 출현하신들 제가 나아질 것이 없을 듯합니다. 그렇다면 언제부터 수행을 시작해야겠습니까?"

이 질문에 부처님께서는 "바로 지금이니라" 하고 대답하셨습니다.

그렇게 많은 부처님이 지나가셔도, 그리고 앞으로 많은 부처님이 출현하셔도 내가 수행하지 않으면 아무 소용이 없습니다. 그래서 '바로 지금'부터 수행하라고 하신 것입니다. 범부들은 수행을 계속 뒤로 미루며 삽니다. 바쁘다는 핑계로 항상 코앞의 닥친 일만 쫓아다니다 보니 결국에는 모래알만큼 많은 부처님이 다 과거로 밀려버린 것입니다.

정진하고
또 정진하라

모든 삼매, 지혜, 공덕이 정진에 달려 있습니다.
선업을 쌓을 수 있는 모든 것이 정진에 달려 있습니다.

중생은 누구나 호의호식하고 편안히 살고 싶어 합니다. 소득
이 없는 일, 고통스럽고 귀찮은 일을 만나면 대개는 그만두지요. 흔
히 오래 살라고 덕담하지만 그만큼 병고가 길 수도 있습니다. 병고
와 함께 오래 살기를 바랄 것이 아니라 살면서 해야 할 일을 제대로
하고 살겠다는 다짐을 해야 합니다. 진정 하고 싶은 일에 도전해본
사람이 얼마나 될까요?

우리는 삶을 마치기 전에 과연 무엇을 해야 하는지 고민해야 합니
다. 이 세상에 사람으로 태어나서 스님이 되는 것은 출가대장부로서
더할 나위 없이 값진 인생의 길입니다. 출가했다면 도를 닦아야 합니

다. 도를 닦지 않으면 출가해도 소용없습니다. 도를 닦는 일이 어렵고 힘드니까 함부로 출가하겠다는 생각을 하지 못합니다. 어쩔 수 없이 세간에 산다면 도는 못 닦더라도 복을 지어야 합니다. 일생을 살면서 복 짓는 일도 안 했다면 부질없이 왔다가 업만 짓고 떠나는 셈입니다.

고봉스님 이야기입니다. 흔히 용맹정진하는 스님들은 눕지 않고 오래 앉아 참선하는 하는 것으로 유명한데, 이 스님은 아예 서 있기를 서원했습니다. 삼 년을 예정하고 공양할 때 잠시 좌복에 앉는 것을 제외하고는 서서 정진하겠다고 다짐한 것입니다. 그리고 마침내 삼 년 만에 견성했습니다. 용맹정진의 결과입니다.

나무의 근본이 뿌리이듯이 도통의 근본은 정진입니다. 정진이 반드시 도 닦는 일에만 해당하는 것은 아닙니다. 출가해서 정진하면 도를 얻습니다. 세간에서 정진하면 복을 얻습니다.

하루 할 일을 정확히 하는 것이 바로 '수처작주 입처개진(隨處作主立處皆眞)'입니다. 어디에 있든지 항상 주인의식과 책임의식을 가지고 진실하고 성실하게 할 일을 다 하라는 말입니다. 어떤 마음으로 하느냐에 따라서 복이 되기도 하고 업이 되기도 합니다. 복과 죄가 다른 것이 아니고, 더 나아가서 살고 죽는 것이 다른 것이 아닙니다. 이것이 불이법(不二法)입니다.

쇠가 아무리 단단해도 녹이 나는 것은 어쩔 수 없습니다. 쇠가 녹을 당해낼 수 없듯이 정진에 가장 큰 방해물은 게으름입니다. 하루 스물네 시간을 완전히 자신의 것으로 만들어 살아야 휘둘리지 않습니다. 이것이 깨어 있는 삶입니다. 누워 있든 눈을 감았든 상관없이 입으로는 계속 염불을 하거나 화두를 들어야 그것이 깨어 있는 삶입니다. 이를 '성성(惺惺)하다'고 합니다. 이렇게 깨어 있는 순간들이 살아 있는 시간이고, 나머지는 죽은 시간입니다. 죽은 시간들이 바로 녹이 끼어 있는 시간입니다.

서산스님은 "출가하여 스님이 되는 일이 어찌 작은 일을 도모하려는 것이겠는가? 편안함을 구하거나 따뜻하게 먹고살려고 하는 일이 아니며 명예와 이익을 얻으려고 하는 일이 아니다"라고 하면서 출가의 목적을 "생사 문제를 해결하고 번뇌를 끊으며 부처님이 얻으신 지혜의 목숨을 이으며 중생을 제도하려고 한다"고 말했습니다.

부처님의 마지막 말씀에 이렇게 지적하고 있습니다.

"대체로 게으름이라는 것은 수행의 폐단이다. 가정에 있으면서 게으르면 옷과 밥을 공급받지 못하고, 출가하여 게으르면 생사의 고뇌를 벗어나지 못한다. 일체 모든 일들이 부지런히 정진하면서 일어나나니 세간에서도 부지런하지 않으면 안 되고, 출가해서도 정진하여 도를 닦지 않으면 안 된다. 부처님 법에 방일하지 않고 정진한 자만이 최상의 보리를 얻을 수 있다."

모든 삼매, 지혜, 공덕이 정진에 달려 있습니다. 선업을 쌓을 수 있는 모든 것이 정진에 달려 있습니다. 이 정진력을 도 닦는 데 돌리면 그 자리에서 바로 성불할 수 있습니다. 이것이 핵심입니다.

인정에
얽매임 없이

자식이 남에게 지탄 받지 않고 훌륭한 사람이 되게 하려면
인정사정을 두지 말아야 합니다.

해인사 장경각과 팔만대장경은 유네스코 세계문화유산으로
등록된 보물입니다. 작은 상만 한 대장경 판은 모두 팔만 이천 장인
데 한 판에 약 칠천 팔백 자가 적혀 있어요. 전체가 대략 육천만 자
입니다. 약 육천만 개의 글자 중에 엄청난 분량을 차지하고 있는 글
자가 바로 부처 '불(佛)'인데, 각자의 마음을 닦아야 비로소 부처님
이 될 수 있습니다. 팔만대장경의 글자가 그렇게 많아도 핵심은 마음
입니다. 마음을 잘 닦은 결과가 부처입니다. 그래서 부처 '불'과 마음
'심'이 하나가 되는 것입니다.

믿음이란 나의 안타까움을 부처님을 만나 해결해야 된다는 절박

한 마음입니다. 믿음이 마음의 핵심이고 주체인데, 진정으로 부처님을 만나려면 한 가지가 더 필요합니다. 간절함입니다. 간절한 마음이 아니면 안 됩니다. 억울함이 있다거나 소원을 이루겠다거나 무슨 큰 일을 해결해야 할 때, 내 힘으로는 도저히 해결이 안 된다는 결론이 나옵니다. 그러면 부처님을 만나야만 하는데, 심심하면 찾아가보고 이웃집 사람 방문하듯이 해서 될 일이 아닙니다.

진실로 간절한 마음이 없으면 절대 안 됩니다. 공부에 간절함이 없으면 절대로 그 공을 성취할 수 없습니다. 기도할 때도 간절한 마음이 없으면 그 기도는 절대로 성취가 안 됩니다.

나무를 가꾸는 일도 그렇습니다. 나무는 투자하고 가꾼 만큼 큽니다. 나무를 가꿔보면 나무에게는 거짓이 없습니다. 그런데 아무리 가꾸고 정성을 쏟아도 잘 안 되는 일이 있습니다. 자식 교육입니다. 엄청나게 투자하고 가꾸었는데도 뜻대로 안 됩니다. 오히려 거꾸로 가는 경우도 많지요.

부처님 법을 통해 보면 우리가 배우고 듣고 알고 있는 자식 교육법이 꼭 옳은 것만은 아닙니다. 한 가지가 빠져서 그렇습니다. 자식을 키울 때 인정과 사정을 떼어버릴 줄 알아야 합니다. 열 살 전까지는 인정사정을 두어도 괜찮아요. 그러나 말을 들을 시기가 되면 분명히 해야 합니다. 자식 때문에 부모가 피눈물을 흘리는 이유는 십중팔구 부모의 잘못입니다.

이 세상에 귀하고 귀한 것이 자식입니다. 이런 자식이 남에게 지탄받지 않고 훌륭한 사람이 되게 하려면 남다른 각오가 있어야 됩니다. 인정사정을 두지 말고 과감하고 야무지게 훈련시켜야 합니다. 그렇지 않고 무조건 사랑과 인정만으로 키우니 부모의 기대나 뜻대로 되지 않는 것입니다. 그게 병인 줄 몰라서 나타나는 결과입니다.

'자식은 마음대로 되는 것이 아니다' 하면서 그저 키우고 가꾸면 되는 줄 알지요. 그러나 부처님 법을 보면 그렇지 않습니다. 나무를 키울 때 필요 없는 잔가지를 솎아내잖아요. 그런데 자식은 아이들 원하는 대로 키우잖아요. 자식이 말을 안 들으면 매를 들어서라도 나쁜 놈이 되지 않게 이끌어야 하는데, 그렇게 안 합니다.

천하에 둘도 없는 딸자식을 시집보냈는데 시댁은 그 며느리 하나 때문에 골치 아픈 일이 종종 있습니다. 결국에는 일이 틀어져서 집으로 돌아오면 그때부터 내 문제가 되는 것입니다. 내 자신이 생각과 행동을 잘못하면 남이 피해를 봅니다. 그리고 어느 정도 지나면 피해가 반드시 나에게 돌아옵니다. 이 세상의 모든 일은 인과 법칙에 의해 움직입니다.

인정이 향하는
방향

정을 이겨내고 제대로 볼 줄 알게 되면 정 자체가 지혜가 됩니다.
무작정 인정을 좇으면 무지가 되지요.

부처님 법에는 "절집의 일은 공평하게 하라"고 되어 있습니다.
그 어느 것도 제 것이 없습니다. 절집 안에 있는 모든 것들은 신도 분
들이 시주한 것입니다. 설사 속가의 부모가 와서 시주를 해도 그것
은 한 사람의 것이 아닙니다. 함께 수행하고 있는 스님네들 모두의
것입니다. 이것이 평등입니다. 그러니 개인적으로 절대 착복해서는
안 됩니다. 죄가 됩니다. 주지라고 뒤로 살짝 더 주고 해서도 안 됩니
다. 이것이 부처님이 정해놓은 원칙이고 법칙입니다.

나는 살아가면서 어떤 문제가 있으면 인정을 두지 않았습니다. 그
랬더니 참 냉정한 사람이라고 합니다. 인정이 생기면 "좋은 게 좋은

거지" 하면서 어물쩍 넘어가게 되고, 인정을 배제하면 원망과 비난의 소리가 들려옵니다. 보통은 그 원망과 비난 때문에 타협을 합니다. 자식이 빗나갈 때 눈을 감아주는 격입니다. 속가에서는 정으로 산다고 합니다. 그런데 '정'이란 것은 사람의 눈을 멀게 하고 판단을 흐리기 일쑤입니다. 정을 이겨내고 제대로 볼 줄 알게 되면 정 자체가 지혜가 됩니다. 무작정 인정을 좇으면 무지가 되지요.

부처님은 어디 한 곳에 계시는 게 아닙니다. 팔만대장경의 핵심은 마음 '심'이라고 했듯이 마음을 잘 닦으면 부처가 됩니다. 누구나 다 마음이 있어서 부처님이 나올 것 같지만, 간절하고 냉철한 마음이 없기에 부처님이 나오지 않습니다. 부모가 자식 때문에 피눈물을 흘리는 인정만 능히 이겨내면 세간에서는 훌륭한 자식이 나오고 절집에서는 훌륭한 제자가 나올 수 있습니다.

스무 해 전쯤 해인사에서 성철스님 법문을 처음 들은 일이 있습니다. 하루는 선방에 가 있는데 성철스님이 물었습니다.

"중이 늙어서 어째서 망하는 줄 아나?"

"명예와 권력을 탐하면 망하지 않습니까?"

"그렇기는 하지만 틀렸어. 인정과 대접 때문에 중이 망하는 거야."

인정이 많거나 남들이 해주는 대접에 "내가 큰스님이니까 복이 많구나" 그러면 망한다는 것입니다.

선방을 외호하면서 스무 명 정도의 수좌스님(참선수행에만 전념하는 수행승)을 보살피던 큰스님이 계셨습니다. 큰스님을 두고 대중스님들은 '우리 조실스님은 인정 많고 차별 없는 좋은 스님'이라고 그랬지요. 그런데 큰스님은 그 소리만 들으면 기분이 나빴습니다. 더구나 해제 때가 되면 더욱 울화가 치밀어 올랐지요. 왜 그랬을까요? 그런 식으로 이십 년이 지났습니다.

그러다가 어느 한 철에 방부를 들일 때 보니까 그중에 성정이 거칠고 제멋대로인 수좌가 하나 있는 것입니다. '옳지, 요놈, 잘 걸렸다' 하고 노장님이 생각했어요. 결제 시작하고 사흘째 되던 날, 스님이 대중공양 시간에 이렇게 말했습니다.

"내가 원래는 결제 중에 잘 안 나가는데 서울에 중요한 일이 있어서 이틀이나 사흘 정도 다녀오겠다."

노장이 길을 떠나신 후 그 못된 수좌는 '여름에 공부하기도 덥고 일도 해야 되는데 이제 서너 날은 편하겠구나' 생각했지요. 노장님이 없으면 원주가 총책임을 지니까 원주를 살살 구슬려 밀가루로 칼국수를 해먹자고 했습니다. 대중들도 다 좋아해서, 칼국수를 해서 막 먹으려는데 노장이 들어오는 거예요. 다 놀랐어요. 노장이 "가다 잊어버린 것이 있어서 돌아왔다"고 하면서 대중에게 물었습니다. "근래에 대중공양이 없었는데 금방 대중공양이 들어왔는가?" 주도한 스님이 그렇다고 거짓말을 했습니다. 노장님이 그 대답에 감탄하며 말했습니다. "이 근래에 대중공양이 없었던 것은 공부하는 사람이 없어서 그랬는데, 이것을 보니 공부하는 사람이 하나 있기는 한가 보다." 대중들이 안도하면서 빨리 먹자고 하자 큰스님이 "누가 대중공양을 냈는지 축원을 하고 먹어야지"라고 했고 결국 할 수 없이 원주가 이실직고를 했지요. 그러자 노스님께서 "이놈! 어른에 대한 예법도 모르면서 어떻게 도를 닦느냐"고 꾸중을 했습니다.

불가에서도 은사나 스승을 잘 섬기는 효가 큰 예법인데요, 가장 큰 효자는 스승의 가르침을 본받아 도를 닦아서 스승의 법을 그대로 잇는 수행자입니다. 이를 정법 효자라고 합니다. 속가에서는 부모 마음을 편하게 해주는 것이 으뜸입니다. 이를 안심 효자라고 합니다. 다음에는 물질로 넉넉하게 해주는 물질 효자가 있습니다. 그다음에는 그보다 못한 죽고 난 후의 사후 효자가 있습니다.

효는 원리를 아는 자만이 행할 수 있습니다. 부모한테 효도하는 것은 안심 효자와 물질 효자밖에 되지 않습니다. 물질 효자는 심하게 말하면 주인이 짐승을 키우는 것에 지나지 않습니다.

큰스님은 거짓말을 한 수좌에게 "어른도 모르게 누가 이런 망나니 같은 짓을 했느냐?" 하면서 나가라고 호통을 쳤습니다. 그 스님은 도인이 계신 곳에서 결제를 하겠다며 일부러 찾아왔는데 그만 얼마 안 되어 쫓겨나게 되자 잘못했다고 빌었습니다. 하지만 소용이 없었어요. 이미 될 놈 안 될 놈 판명이 났으니 그대로 쫓아버렸습니다.

이 스님이 그냥 나갈 수가 없어서 절에서 농사를 짓는 집인 농막에 가서 살려고 소제를 하고 앉아 있는데, 그걸 어떻게 알고 노장이 찾아가서 기어이 쫓아냈습니다. 그리고 일꾼을 시켜 문에 못을 박아버렸습니다. 얼마나 망신입니까. 명색이 수행자인데 그런 일을 당하니 얼마나 한심하고 분했겠습니까.

노장이 미워서가 아니라 자기 자신이 어리석어서 분한 나머지 추

녀 밑에 앉아 있는데, 눈물도 안 나오고 잠도 안 왔답니다. 기도할 때는 간절해야 하지만 참선할 때는 분한 마음이 있어야 합니다.

이 스님이 '이 나이에 뭐하려고 걸망 지고 돌아다니는가' 하는 분한 마음에 용맹정진을 했는데, 어느 날 깨달음을 얻었습니다. 해제가 되자 이 수좌가 가사장삼을 입고 노장을 찾아와 눈물을 흘리고 절을 올렸습니다.

나를 낳아주고 길러준 부모보다 백 배, 천 배 더 나은 것입니다. 부모에게 말도 못할 은혜를 받지만 불가에서는 도를 이루게 한 스승에 대한 은혜를 낳아주고 길러준 부모님의 은혜보다 수천 배 더 크게 간주합니다. 제멋대로인 수좌에게 삼배를 받고 큰스님이 그렇게 즐거워할 수가 없었어요.

"내가 이십 년 동안 선방을 열어 뒤치다꺼리하다가 오늘 본전을 찾았구나."

왜 그동안은 본전을 못 찾았을까요? 마냥 다그친다고 될 일도 아니고 열심히 해서 될 일도 아니어서 그대로 내버려두었던 것입니다. 그런데 그해에 제일 못된 놈, 인간이 아닌 놈이 찾아온 것입니다. 사람 될 재목이 아니라 부처 될 재목이 왔기에, 인정과 사정을 떼어버린 것입니다.

대중들은 노장이 너무한다고 했습니다. 대중들이 한 철 내내 욕을 했습니다. 큰스님이라고 하더니 국수 좀 삶아먹었다고 너무한 것 아니냐고 욕을 했습니다. 그런데 해제 무렵 그 스님이 와서 절을 하고 서로 대화를 하니 함부로 말하던 대중들이 창피해졌지요. 그렇게 인정이 없다고 했는데 그 큰스님만큼 인정이 많은 분이 없었어요. 진정한 인정은 그렇게 나오는 것입니다.

부모가 자식에게 인정을 뗄 정도가 되면 그 자식은 뭐가 돼도 됩니다. 노장님이 진실한 인정을 베풀었기에 그 제자가 이 세상에 백번, 천 번 태어난 업을 벗었습니다. 그것이 선지식의 인정입니다. 짐승 키우는 것이 아니고 성인을 만드는 것이 인정입니다.

인정이 사적으로 흐르면 나쁜 인정이 되고 분명한 쪽으로 흐르면 좋은 인정이 됩니다. 이 세상은 둘이 아닙니다. 모든 것의 원리가 둘이 아닙니다. 죄도, 선도, 복도, 화도 두 가지가 아닙니다. 인정이 어리석은 쪽으로 가면 죄와 화가 되고, 분명한 쪽으로 가면 지혜와 복이 됩니다. 분명한 쪽으로 가면 성불이 되는 것입니다. 분명하게 생각하면 매사가 복이 되고 지혜가 됩니다.

우리가 고생하는 것은 생각이 똑바르지 않기 때문입니다. 생각을 똑바르게 하면 복이 옵니다. 간절한 마음으로, 분한 마음으로 기도하고 참선하십시오.

바라밀을
실천하는 삶

바라밀을 실천하는 삶은 곧 집착을 부수는 삶이고,
집착을 무너뜨린 삶은 곧 진정한 회향을 실천하는 삶입니다.

집착을 버리고 여섯 가지 수행 덕목〔六波羅蜜〕을 부지런히 실
천한다면 옳고 그름을 분명히 밝혀 성인의 뒤를 밟아가는 현명한 사
람이자 몸소 진리를 구현해가는 보살이라고 말할 수 있습니다. 우리
가 실천해야 할 여섯 가지 수행 덕목, 즉 육바라밀은 무엇일까요?

첫 번째 바라밀은 보시입니다. 재물의 많고 적음을 떠나 나보다 못
한 이에게 아낌없이 베푸는 것입니다. 재물을 나누는 것이 다가 아
닙니다. 지치고 피곤한 사람에게 따뜻한 위로의 한마디를 베푸는 것
또한 보시입니다. 보살의 삶입니다.

두 번째 바라밀은 지계입니다. 진리를 추구하며 살아가는 사람들

은 스스로를 방종하도록 내버려두지 않습니다. 욕망의 유혹으로부터 자신을 지키고, 또한 타인의 모범이 되어 타락의 구덩이에서 벗어나려고 하는 자는 반드시 세상의 법도와 원칙을 지켜야 합니다. 세상의 비난을 받는 사람은 절대 타인의 귀감이 될 수 없습니다. 계율은 욕망의 유혹과 타인의 비난으로부터 자신을 지키는 튼튼한 갑옷이라는 사실을 명심하고 원칙을 지키면서 살아가는 것이 보살의 삶입니다.

세 번째 바라밀은 인욕입니다. 진리의 길을 걸어간다는 것은 자기극복의 과정입니다. 욕망의 거센 물결을 따라 흘러가는 일은 쉽고도 달콤하지만, 욕망의 거센 강물을 거슬러 오르는 일은 어렵고도 힘이 듭니다. 그러므로 진리에 합당하다면 내 뜻에 맞지 않더라도 참고 견딜 수 있는 인내심이 있어야 합니다. 부처님께서는 전생에 수행하실 때 가리왕에게 온몸이 찢기면서도 결코 원망하는 마음을 일으키지 않았습니다. 부처님께는 아상(我相, 나를 내세우는 것, 자아가 있다는 인식), 인상(人相, 나와 남을 구분하는 것, 영원한 실체가 개체적으로 존재한다는 인식), 수자상(壽者相, 생사를 초월하는 영혼이 있다는 인식), 중생상(衆生相, 중생이라고 여기는 생각, 중생이 있다는 인식)이 없었으니 분노가 일어나지 않았던 것입니다. 아직 분노가 남아 있다면 나의 집착이 그만큼 강하다는 것을 깨달아 부끄러워하고 인내해야 할 것입니다. 참지 못하고 함부로 거친 성격이 발동하도록 내버려두어서는 안 됩니다.

네 번째 바라밀은 정진입니다. 게으름이란 마치 쇠에 끼는 녹과 같습니다. 쇠에서 나온 녹이 쇠를 망쳐버리듯 자기 마음에서 나온 게으름은 자기 자신을 망쳐버립니다. 계속 돌아가고 기름칠을 더하는 기계는 녹이 슬지 않듯이 부지런히 정진하는 보살에게 되돌아가거나 더 나빠지는, 또는 전락하는 일은 없습니다.

다섯 번째 바라밀은 선정(禪定)입니다. 육근으로 받아들인 경계에 마음이 쏠려 있는 한, 안정이란 있을 수 없습니다. 이것저것 쫓아다니느라 마음은 늘 분주하고 채워지지 않는 욕망의 갈증에 허덕이게 됩니다. 진정한 평온과 해탈을 추구하는 보살이라면 모름지기 어떤 상황에 처하든 움직이지 않을 수 있는 부동의 경지에 마음을 좌정시킬 수 있는 능력을 길러야 합니다. 이것이 선정입니다.

여섯 번째 바라밀은 반야입니다. 반야는 빨냐의 음사로서 지혜라는 뜻입니다. 지혜는 마치 금강과 같아서 능히 부수지 못할 것이 없다고 했습니다. 다이아몬드가 두꺼운 암반도 깨트려버리듯 지혜는 갖가지 집착으로 뭉쳐진 중생의 두꺼운 업장을 산산조각 내버립니다. 아무리 참담한 괴로움이라도, 또 결코 풀어질 것 같지 않던 미망의 혼란이라도 지혜 앞에서는 봄날 눈 녹듯 흔적 없이 사라지게 됩니다.

이 여섯 가지 바라밀을 부지런히 실천하는 삶은 곧 집착을 부수는 삶이고, 집착을 무너트린 삶은 곧 진정한 회향을 실천하는 삶이며, 보살의 길을 구현하는 삶입니다. 우리 스스로 부처님의 제자임을 내세우려면 자신을 구제하고 남을 구제하려는 서원(誓願, 원을 세우고 그것을 이루고자 맹세하는 것)을 세운 보살의 삶을 살아갈 수 있어야 합니다.

먼지 하나에
온 우주를 담는다

인연이 성숙하면 먼지 하나에 온 우주를 담을 수 있지만
먼지를 그저 먼지로만 받아들이면 더러운 때만 더합니다.

음식을 먹을 때 음미한다고 합니다. 한 번 씹었을 때, 열 번 씹었을 때, 백 번 씹었을 때, 저마다 맛이 다릅니다. 마찬가지로 십 년 이십 년 삼십 년 똑같은 법문을 들었다고 해도 얼마나 잘 듣고 소화했느냐에 따라 법의 가치가 달라집니다. 익숙하게 늘 들어온 이야기라고 해서 다 아는 게 아닙니다. 어떤 생각을 가지고 듣는가, 또 어떤 상황에 처해 듣는가, 또 어느 정도 근기가 성숙한 상태에서 듣는가에 따라 똑같은 법문도 전혀 다르게 들리지요.

「법성게」에는 '한 티끌 속에 시방세계가 담겨 있다'는 구절이 있습니다. 인연이 성숙하면 먼지 하나에 온 우주를 담을 수도 있지만, 먼

지를 그저 먼지로만 받아들이는 상황에서는 더러운 때만 더하게 된다는 의미입니다.

항상 음미해도 그 맛을 온전히 느끼기 어려운 것이 불법입니다. 그 가운데 법회 시작하면서 예배드리는 삼귀의는 아무리 되새겨도 충분하다고 할 수 없습니다. 불자라면 모름지기 몸과 목숨을 바쳐 세 가지에 귀의해야 함을 늘 명심해야 합니다.

첫째는 지혜와 복덕 두 가지를 구족하신 '부처님에게 의지한다'는 의미입니다. 많고 많은 세상 사람 가운데 복과 지혜를 완벽하게 갖춘 이는 아무도 없습니다. 인류 역사상 위대한 업적을 남긴 위인들도 자세히 살펴보면 복과 지혜 중 어느 하나밖에는 갖추지 못했습니다. 호랑이를 그리려고 했는데 고양이를 그렸다는 이야기가 있지요? 처음부터 고양이를 그리려고 하면 결국 아무것도 아닌 형편없는 그림이 될 것입니다. 훌륭한 선생님 밑에서 훌륭한 제자가 나오는 법입니다. 모름지기 어느 면모로 보아도 완벽한 인류의 큰 스승이신 부처님께 의지하며 생각과 말과 행동을 늘 바르게 고쳐 나아가야 합니다.

둘째는 욕심을 벗어나게 하는 존귀한 '가르침에 귀의한다'는 뜻이지요. 탐욕을 여의어 영원히 고통에서 해방되게 하는 부처님의 가르침을 의지해야지, 탐내고 성내는 어리석은 마음을 의지해서는 안 됩니다.

셋째는 탐욕을 버린 채 거룩한 행을 실천하고 화합하며 살아가는 '스님들께 귀의한다'는 의미입니다. 우리는 가까이 하는 사람을 닮아 가게 되어 있습니다. 그러므로 항상 모범이 될 만하고 배울 만한 사람을 친근히 하고 악한 벗을 가까이 해서는 안 됩니다.

진정으로 귀의해 의지할 만한 것은 불법승 삼보(三寶)뿐입니다. 세상에 이것보다 더 귀하고 보배가 될 만한 것은 없음을 뼈저리게 느끼면 공부는 저절로 될 것입니다.

긴 안목으로
세상을 보다

지금이야 당신이 누각의 주인이지만
다음에 누가 주인이 될지는 아무도 모르는 일이오.

부처님의 제자 중 한 분이 하루는 탁발을 나갔다가 하도 더
워서 어디 쉴 만한 곳이 없나 하고 살펴보았습니다. 그러다가 멋진
누각이 있는 집을 보고서 시원한 누각에서 쉬어갈 요량으로 주인을
찾았으나 보이지 않는 것입니다. 그래서 덥기는 덥고, 주인이 올 때
까지 기다리지 못하겠기에 누각으로 곧장 올라갔습니다. 높고 그늘
진 누각에 올라가 있으려니 솔솔 불어오는 바람에 잠이 오는 것입니
다. 그래서 그만 주인도 없는 누각에서 잠이 들어버렸습니다.

누군가가 깨워 눈을 떠보니 심술 고약하게 생긴 영감이 눈을 부라
리며 서 있다가, 다짜고짜 "당신은 주인도 없는 집에 왜 왔소!" 하며

버럭 화를 내었습니다. 그때 스님이 참으로 멋진 대답을 합니다.

"주인이 없으니 왔소."

스님이 일어나 앉으며 되물었습니다.

"당신이 이 누각의 주인입니까?"

"그렇소, 내가 주인이오."

"그러면 당신이 누각을 지었소?"

"아니오, 우리 아버지에게서 누각을 물려받았소."

"그렇다면 당신 아버지가 누각을 지었소?"

"아니오, 아버지는 할아버지에게서 물려받았소."

"그러면 할아버지는……."

하고는 위로 계속 따져 물었습니다. 그랬더니 결국에는 "그걸 내가
어찌 안단 말이요?" 하고 모르는 것을 시인했습니다.

스님이 다시 물었습니다.

"당신이 살아 있을 때야 누각의 주인이겠지만 당신이 죽고 난 다
음에는 누가 주인이 되오?"

"그야 당연히 내 아들이 주인이 되겠지요."

"그럼 당신 아들 다음에는 누가 주인이 되오?"

"손자가 주인이 되겠지요."

"그러면 손자 다음에는……."

하고 또 계속 물었더니, 결국에 "그것은 나도 모르오" 하고 시인해
버렸습니다. 그때 스님이 노인에게 말했습니다.

"지금이야 당신이 이 누각의 주인이 되어 쓰고 있지만 다음에 누

가 주인이 될지는 아무도 모르는 일이오."

그때 노인이 크게 깨닫고는, 스님에게 불손했던 것을 사과하고 공
양을 잘 대접했습니다.

살아가는 모습을 보면 세상 사람들이 화려하고 안락하게 사는 것
같지만, 짧은 안목으로 길게 보지 못하기 때문에 세상살이가 좋아
보이는 것입니다.

영원한 행복과
영원한 자유

중생의 마음이 바뀌지 않는 한 평화와 행복은 없습니다.
오직 약육강식의 원리가 존재할 뿐입니다.

닭장 안에 사는 닭은 모이도 많고 잠자리도 편안합니다. 하지만 언젠가는 물이 펄펄 끓는 가마솥이 기다리고 있지요. 그러나 드넓은 들판을 날아다니는 학은 먹을 것은 부족하지만 한가롭게 천 년을 사는 법입니다.

인간은 기껏해야 백 년도 못 살고, 또 부귀공명을 지키기는 더더욱 어렵습니다. 그렇게 한평생 부귀영화를 누려보겠다고 아등바등하다가, 어느 날 불현듯이 죽음이 찾아오면 곧 육도로 윤회하게 됩니다. 결국 다음 생에서는 금생의 삶만큼도 보장되지 못합니다. 내 한 몸 건사하려다 보니 지어놓은 복도 없고, 이런 평계 저런 이유로 공덕

또한 쌓은 것이 없으니, 다음 생에는 더욱 미천한 존재로 태어나기 십상입니다.

그래서 고인은 세상 사람들에게 권하는 것입니다. "그대들에게 권고하니, 어서어서 부지런히 도를 닦아라. 인간 몸 한 번 잃으면 다시 얻기 어려우니."

세상을 살아가는 방법은 수천, 수만 가지의 방법이 있습니다. 그런데 인간은 자기가 집착하는 길밖에는 보지 못합니다. 많고 많은 길 다 내버려두고 오로지 하나에만 집착하니 중생의 시각은 너무 좁고 막혀 있습니다. 세상에는 몽땅 꽉 막히고 좁은 소견을 가진 사람만 가득하니 싸움이 그치는 날이 없습니다. 집착을 버리지 않는다면 사바세계에 평화와 행복이 있을 수 없습니다.

중생의 마음이 바뀌지 않는 한 지구상에 평화와 행복은 없습니다. 오직 약육강식의 원리가 존재할 뿐입니다. 그렇다고 강한 놈이 영원히 권위를 유지할 수 있는 것도 아닙니다. 잠깐일 뿐입니다. 아프리카 평원의 지배자는 사자입니다. 사자 가운데에서 가장 힘이 센 수사자가 싸움을 통해 많은 암컷과 먹이를 독차지하게 됩니다. 그런데 강한 수사자도 왕의 권위를 두 해밖에는 유지하지 못한답니다. 곧 젊은 수사자가 도전해오고 싸움에서 지면 죽거나 무리에서 쫓겨나는 것이지요. 무리에서 쫓겨난 사자가 황량한 벌판을 헤매다 굶주림에 지쳐 쓰러지면 하이에나가 달려들어 먹어치웁니다. 사자가 누리던 권위에 견주면 비참하기 그지없는 결말이지요. 동물의 세계에서뿐만 아니라 인간 세계도 마찬가지입니다.

잠시의 행복을 원하십니까? 영원한 행복을 원하십니까? 탐욕과 분노와 어리석음으로 가득한 중생의 마음을 의지한다면 잠시는 편안하고 즐거울지도 모릅니다. 자기 뜻대로 했다는 순간적인 만족감은 있을 것입니다. 하지만 그 뒤에는 견딜 수 없는 고통이 찾아듭니다. 그러므로 순간의 행복과 만족은 추구할 만한 것이 못 됩니다.

진정 자기 자신을 위한다면 영원한 행복과 영원한 자유를 얻는 일에 투자해야 합니다. 끝없이 이어지는 윤회의 사슬을 끊는 길만이 영원한 행복과 자유가 보장된 해탈과 열반으로 이끄는 길입니다. 그 길을 일러주신 분이 바로 부처님입니다. 세세하게 일러주신 방법이 바로 불법입니다. 그 가르침에 충실히 따르며 앞서 실천하는 분들이 스님들입니다.

마음 깊은 곳에서 믿음을 일으켜 불법승(佛法僧, 부처님·불법·스님 수행 공동체인 승가를 아울러 이른다) 삼보에 귀의하십시오.

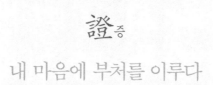

證 증

내 마음에 부처를 이루다

당신은
어떤 보살입니까

칡넝쿨이 소나무를 의지하면 소나무 높이만큼 뻗어 오르듯이
우리가 선지식을 만나면 업보의 짐을 벗을 수 있습니다.

중국 춘추전국 시대 때 말 잘하기로 이름난 소진(蘇秦)이라는
인물이 있었습니다. 그가 이렇게 말했답니다. 설복시킬 뛰어난 말재
주가 있다고 할지라도 입을 다물고 하고 싶은 말을 참는 일이 더 대
단한 능력이라고 말이지요. 흔히 '침묵은 금이다'라는 말을 합니다.
왜 하고 싶은 말을 참을 줄 알아야 할까요? 그렇지 않으면 쓸데없는
곳에 힘을 낭비해버리기 때문입니다.

'회향(자기가 닦은 선근공덕을 다른 중생이나 자기 자신에게 돌리는 것)'이
라는 것은 농사로 비유하자면 제일 좋은 종자를 골라서 심는 것입니
다. 그러기를 반복하면 품종이 계속 개량되어서 첫해는 열 개였던 것

을 나중에는 백 개, 천 개, 만 개 거둘 수 있습니다. 회향은 그렇게 선근공덕을 짓는 쪽으로 재투자하는 것입니다.

'죄는 짓기 쉽고 복은 짓기 어렵다'는 속담이 있듯이 선행공덕을 실천하기가 참으로 어렵습니다. 하지만 어려울수록 큰 복이자 공덕이 되는 것입니다. 진실한 마음을 담은 말로써도 엄청난 공덕을 지을 수 있습니다.

우리가 선근공덕을 짓는 사람들의 뒤만 잘 따라가도 얼마나 좋은지 모릅니다. 친구를 사귀더라도 나쁜 사람을 따라가면 나쁜 사람이 되지만, 성인은 옆에만 있어도 공덕을 받습니다. "반드시 스승을 잘 가려라. 그러면 하루아침에 남의 십 년 공부도 배울 수 있고 그렇지 않으면 헛될 수도 있다. 살아서는 이 몸이 박복하게 태어났고 죽어서는 업보를 면할 수가 없다 하니 훌륭하게 태어나려면 부처님 가족이 되라"고 했습니다.

부처님 가족이란 훌륭한 선지식을 따르고 훌륭한 법을 배우는 사람을 말합니다. 이 세상에서 가장 은혜로운 분은 부모님입니다. 그러나 출가해서는 부처님의 은혜를 가장 높이 칩니다. 굳이 부처님과 부모님의 은혜를 비교하자면, 부처님 은혜를 부모님 은혜보다 백 배, 천 배 더 크게 여깁니다. 세간의 잣대로는 야속해 보일지 모릅니다만, 세상에 나고 죽어봐야 사람이 크게 바뀔 일이 없습니다. 그만그만한 종자는 또 심어봐야 별로 나아지지 않습니다. 그런데 이 종자를 불가에 심으면 완전히 돌연변이가 됩니다. 범부가 성인이 될 수 있고 천 배, 만 배를 수확할 수 있는 것입니다.

그래서 '회향을 하자'고 말합니다. 일체 선근을 닦는 사람들을 따라서 회향을 하는 것입니다. 선지식의 뒤만 따라다니면 길은 다 포장되어 있으니 그 길을 따라가기만 하면 됩니다.

그럼 누구를 따라갈까요? 바로 '불제자'입니다. '불'이야 부처님이고, '제'는 동생을 말하고, '자'는 아들을 말하지요. 부처님은 너무 높이 계시니까 못 배운다 하더라도 부처님의 동생이나 자식뻘쯤 되는 대보살에게 배우기는 좀 쉽지 않겠습니까.

칡넝쿨이 홀로 자라면 땅바닥만 기지만 소나무를 의지하면 소나무 높이만큼 뻗어 오르듯이 우리가 선지식을 만나면 그렇게 됩니다. 이것을 '의송지갈 직용천심(依松之葛 直聳千尋)'이라고 합니다. 이런 가르침을 배우거나 듣게 될 때 '이것이야말로 진정한 이익이구나' 하고 깨달아야 업보의 짐을 벗을 수 있습니다.

업보를 바꾸려면 불가에 태어나야 됩니다. 이를 두고 '수순회향(隨順廻向)'이라고 합니다. 훌륭한 사람들을 따라서 순응하는 것입니다. 그런데 못난 사람들은 친구를 사귀어도 꼭 자신과 닮은 사람들만 만납니다. 정말 든든한 배경을 가지려면 이 세상 최고의 공덕과 지혜를 가진 보살을 의지해야 합니다. 별 볼일 없는 수준의 사람들에게 의지해봐야 아무런 이익이 없습니다.

법을 구하는
진정한 용기

부처님은 왜 세상 모든 이에게 공경을 받을까요?
남에게 최고로 좋은 것만 베풀었기 때문입니다.

신라 시대 때 원효대사는 파계를 했다며 주류 승단으로부터
무시를 많이 받았습니다. 그 당시 지위가 높았던 도선율사는 워낙
계율을 잘 지켜 천상에서 밥을 갖다줄 정도였습니다. 하루는 두 사
람이 만났습니다. 점심 공양 시간이 되자 도선율사가 점심이나 자시
고 가라고 원효대사에게 청했는데, 그날따라 천녀가 밥을 가지고 오
지 않는 것입니다. 두 시간쯤 기다리다가 원효대사가 가고 나서야 천
녀가 공양을 가지고 들어왔습니다. 도선율사가 화가 나서 꾸짖자 천
녀가 대답했습니다.

"제가 시간 맞춰서 왔는데 화엄신장이 이 도량을 꽉 메우고 경호

를 서고 있는 바람에 개미 새끼 한 마리도 들어설 틈이 없었습니다. 할 수 없이 보살이 가고 난 뒤 길이 트여 들어왔습니다."

그때서야 도선율사가 "아이고!" 했답니다. 보살의 능력과 복력과 선근은 바로 그런 것입니다. 원효대사는 백정도 되었다가 농군도 되었다 하는 걸림 없는 스님이었던 것이지요.

우리는 더욱 분발해야 합니다. 아무리 싫고 아무리 힘이 들어도 공덕을 닦아야 합니다. 열심히 기도하고 참선하고 염불해야 합니다. 선근과 공덕을 닦아놓으면 우리를 보호해주는 권속이 한없이 많아집니다. 그리고 보는 사람마다 싫어하지 않습니다. 선근과 공덕이 많으면 저절로 사람이 따르고 붙습니다. 선근과 공덕의 힘이 바로 그런 것입니다.

중생은 오직 자기 몸뚱이 하나만을 위해 서로 고통을 주고받으며 빼앗기고 빼앗으며 살아갑니다. 그 많은 다생겁을 내려오면서 중생의 미움과 다툼이 끊이질 않는 것입니다. 경전에는 인간 세상의 악취가 저 사천왕까지 뻗쳐 올라간다고 나옵니다.

그런데 부처님은 무슨 복덕으로 세상 모든 이에게 공경을 받을까요? 남에게 베풀 때는 뭐든지 최고로 좋은 것만 주었기 때문입니다. 나쁜 것은 자기가 가지고 좋은 것은 아낌없이 주었기 때문에 모두가 좋아하는 것입니다.

우리가 중생 딱지를 떼지 못하는 것은 복 짓는 것을 몰라서거나 보지 못해서가 아닙니다. 다 알고 다 봤지만 실천하지 않기 때문입니다.

결국 자기 복은 자기가 짓는 것입니다. 홀로 세상에 와서 일생을 살다가 돌아가는 날, 자기가 평생에 지었던 업보를 잔뜩 지고 갑니다. 그때 그 업보따리대로 공덕을 지으면 복 받을 것이고 나쁜 업을 지으면 죄를 받느라고 만만치 않게 고생할 것입니다.

죄를 지어 자꾸만 힘이 생기면 큰 도둑이 되고, 공덕을 닦아 자꾸만 힘이 생기면 대보살이 됩니다. 처음부터 대보살이 되는 사람은 없습니다. 공덕을 자꾸 닦으면 큰 힘이 생깁니다. 큰 힘이 생길 때쯤 되면 부수적으로 좋은 일만 생깁니다. 자신을 따르는 권속도 부쩍 늘어납니다. 공덕을 닦아서 보살과 같은 힘이 생기면 호법선신이 나를 옹호해줍니다.

죄는 어리석음이 만들어냅니다. 무지하기 짝이 없는 사람은 하는 일마다 철저히 죄를 짓기 때문에 가는 곳이 지옥입니다. 극락에 가는 사람은 더없이 현명한 사람인 것입니다.

더 큰 이익에 도전해야 합니다. 세상에서 제일 큰 공덕이 발심공덕입니다. 항상 정법으로써 선행을 닦고 악행을 버리는 것이 진실로 공덕을 쌓는 것입니다.

보시도 성심성의를 다해 하시기 바랍니다. 보시를 할 때는 물론 능력껏 하되, 가능하다면 최선을 다해야 합니다. 할까 말까 망설이지 마십시오. 이왕 내 손을 떠날 것인데 아까워하지 말고 베풀어야 합니다. 이왕이면 좋은 음식을 대접하고, 의복도 좋은 것을 주시기 바랍니다. 법보시도 마찬가지입니다. 심지어 누가 임금의 자리를 요구해도 아낌없이 내던지세요. 부처님께서 그러셨고 순치황제도 그렇게 했습니다.

출세간 차원에서 얘기를 하지요. 여태까지 세상을 살아가면서 한 번도 듣도 보도 못한 미증유의 법을 구하기 위해서는 내 몸을 던질 만큼 진정한 용기가 있어야 합니다. 미증유의 법을 구했으면 그 법을 반드시 지켜야 합니다. 부처님 정법을 수호하는 데 어떤 고초가 있어도 감내해야 합니다. 어떤 시련을 겪더라도 이 법은 지키겠다고 생각하는 이가 바로 대보살입니다. 모든 사람은 자업자득으로 이 세상을 떠나게 되어 있습니다. 시간과 힘을 허비하지 말고 항상 좋은 쪽으로 회향해서 최선의 삶을 살아가십시오.

위로는 불도를
아래로는 중생을

위로 부처님으로부터 아래로 만물에 이르기까지
그 본질만은 똑같다고 보는 것이 평등입니다.

좋은 일이 모두 공덕 같지만 공덕이 되지 않는 일이 있습니다. '나'와 '남'이라는 존재를 염두에 두고 시작한 일은 크든 작든 공덕이 되지 않습니다. 더 나아가 마음을 닦고 비우는 것을 전제하지 않고 대가를 바라면서 시작한 일은 공덕이라 할 수 없습니다. 그것은 공덕이라기보다는 복덕이라고 일컬어야 합니다.

복덕과 공덕은 다릅니다. 오직 자기의 본성을 닦는 것만이 공덕입니다. 자신과 남을 의식하거나 대가를 바라며 시작한 일은 복덕입니다. 아무런 대가를 바라지 않은 채 자신과 남을 모두 잊고 지은 선행만이 공덕이 될 수 있습니다.

선행을 하되 자성의 근본이 공한 이치를 알고 닦아야 공덕이 됩니다. 복덕성은 아무리 크거나 많아도 한계가 있으며 시간이 지나면 소모되어 없어집니다. 공덕성은 한계가 없기 때문에 영원합니다. 한 번 깨달으면 영원히 깨닫는 것이고 아는 것입니다.

범부가 발심해서 성불의 자리에 오르기까지를 쉰두 개의 계단으로 나눕니다. 좀 더 엄밀히 말하면 성불하는 그날까지 끊임없이 공덕을 닦는 것, 즉 정진하는 것을 말합니다. 이것은 대승 차원의 회향입니다. 보살의 회향이지요. 보살행을 하지 않으면 누구도 성불할 수 없기 때문에 필수적으로 해야 한다는 것이 전제가 됩니다. 하늘에서 떨어진 빗방울은 어떤 과정을 거치든, 시간이 오래 걸리든 적게 걸리든, 강물이 되어 바다로 흘러들어 갑니다. 공덕은 그 이치대로 닦으며 정진하는 것입니다. 그런데 사람들 대부분이 현실에 안주해서 집착을 합니다. 핑계를 내세우며 정진하기가 쉽지 않다는 이유를 갖다댑니다.

우리가 걸핏하면 원망하거나 좌절하는 것은 이 세상의 이치를 알지 못하는 데에서 기인합니다. 세상의 이치란 것은 무엇인가요? 평등하다는 것입니다. 세상 만물이 평등하다는 이치를 알게 되면 결코 어떤 경우에도 좌절하지 않습니다. 원망하지 않습니다. 위로 부처님으로부터 아래로 미물에 이르기까지 현실적인 모습은 차별이 나지만 그 본질만은 똑같다고 보는 것이 평등입니다. 이 이치를 알면 좌절이나 불평은 없어집니다.

'나는 지금 남보다 형편이 좀 낫지 않은가' 생각하고 나보다 못한 사람을 끌어올려주면 복덕이 됩니다. '저 사람이 깨우치지 못해 범부가 됐으니 참으로 안타깝다. 어떻게 해서든지 깨우쳐줘야지' 하면 공덕이 됩니다. 그 한없는 공덕으로 내 업도 소멸되고 위로는 더 높은 대승법을 구할 수 있습니다.

삼라만상은 차별된 모습을 가지고 있지만 그 본질은 똑같습니다. 알고 보면 이 세상은 모두 공덕이요 복인데 우리가 이를 전혀 모르고 있습니다. 매사에 몸을 던져야 합니다. 더 나아가서는 끝까지 매달려야 합니다. 매사를 반신반의하면서 몸을 던지지 않으면 반의 반도 성공하지 못합니다.

세상을 살다 보면 내가 완전히 파악하지 못할 때도, 세상이 나를 속이려고 할 때도 있습니다. 그러나 불법은 그렇지 않습니다. 부처님 말씀에는 거짓이 없습니다. 『금강경』에 "여래는 참됨을 말하는 자요, 진실을 말하는 자요, 그대로를 말하는 자요, 거짓말을 하는 자가 아니요, 다르지 않게 말하는 자다"라고 분명히 말씀하셨습니다.

도를 닦아도 자꾸 시원찮아지면 그 시점에서 내가 뭘 믿고 뭘 하고 있는지 살펴봐야 합니다. 처음에는 신심이 말뚝 같다가 나중에는 달팽이 뿔처럼 쏙 들어간다면 잘못입니다. 바른 것은 힘들고 어렵지만 갈수록 빛이 납니다.

사법을 향한 사람은 희희낙락합니다. 중생은 삿된 업만 익혀왔기 때문에 못된 짓을 하면 참 쉽고 재미나는데, 좋은 것은 힘들고 잘 안됩니다. 그래서 그냥 쉽고 재미있는 삿된 일이나 하자는 생각을 할 수 있습니다. 옳지 않습니다. 좋은 일을 하는 사람은 어렵고 힘들어서 중단하더라도 최소한 퇴보하지 않고 제자리에 있게 됩니다. 삿된 짓을 하면 결국에는 망가질 수밖에 없습니다.

무엇이든 너무 쉽고 잘되면 혹시 잘못된 것은 없는지 살펴봐야 합니다. 실행하기 어려운 것이 정법이기 때문입니다. 여태까지 거꾸로 살다가 되돌아오려면 힘들 수밖에 없습니다. 그렇지만 한번 돌아오기만 하면 그때부터는 괜찮습니다. 돌아오기까지가 힘들 뿐입니다.

자비한 눈과 마음으로 이 세상을 평등하게 볼 줄 알면 그것이 최상의 공덕이 됩니다. 남에게 무엇이든지 베푸는 것도 좋은 일이지만 자비한 마음, 평등한 눈으로 보는 수준까지 올라가야 공덕이 쌓입니다. 마음공부가 깊어지면 그만큼 상대방을 자비롭고 평등하게 볼 수 있습니다. 그것이 참다운 공덕입니다.

보살의 길을 말하다

볼 것만 보고 보지 않을 것은 보지 않아야 합니다.
들을 것만 듣고 듣지 말아야 할 것은 듣지 말아야 합니다.

대승법을 정법이라고 합니다. 물론 부처님의 모든 법이 좋습니다만 듣는 사람이 문제입니다. 부처님께서는 차별 없이 정법을 설했지만 듣는 중생의 근기가 천차만별이다 보니 제각각 받아들이게 됩니다. 범부는 들을 줄도 모르고 들을 생각도 하지 않습니다. 들어도 잘 알지 못합니다. 알아들어도 실천에 옮기는 힘이 없습니다.

어떻게 듣고 행하느냐에 따라 결실은 너무나 미약할 수도 있고 대단할 수도 있습니다. 부처님의 대승법을 기준 삼고 보살행을 하지 않으면 소득이 없습니다. 자기 업장이 두터운 것은 모르고 경계만을 탓하니 그런 문제들이 자꾸 일어나는 것입니다. 그래서 반드시 보살의 원을 발해야 합니다. 발원이지요.

첫째, 발심원(發心願)입니다. 바른 소원을 내야 한다는 것입니다. 사람 몸을 받은 이번 생을 지나간 업의 굴레를 벗어나는 기회로 삼아야 합니다. 중병에 걸린 중생은 전도된 자신을 바로 세우기 위해서 제일 먼저 무상보리심을 일으켜야 합니다. 주변에 있는 중생에게 '너도 해야 된다'는 것을 꼭 가르쳐야 합니다.

둘째, 생원(生願)입니다. 다음 생에는 보리심으로 복을 지어 꼭 성불하겠다는 원을 세우는 것입니다.

셋째, 경계원(境界願)입니다. 이 세상에는 많은 법이 있는데 이것을 세밀히 관찰하지 않으면 나도 모르게 휩쓸리고 맙니다. 전도된 눈으로 보니까 잘되는지 못되는지도 제대로 모르는 통에 위태롭기 짝이 없습니다. 근심걱정 대부분이 거기에서 오는 것입니다. 우리가 보고 느끼는 모든 것을 세밀히 관찰해서 잘 사유해야 합니다.

넷째, 평등원(平等願)입니다. 자기 마음에 차별이 없으면 세상은 다 평등하게 보입니다. 우리가 상대적 개념으로 보기 때문에 차별이 나지만, 상대를 다 인정해줄 수 있는 아량만 가지면 긴 것은 긴 대로 짧은 것은 짧은 대로 모두 평등한 것입니다.

본래 평등이라는 의미를 "닭발은 찢어진 대로 평등이고, 오리발은 붙은 대로 평등이고, 바가지는 막힌 대로 평등이고, 조리는 물이 새는 대로 평등이다"라고 표현합니다. 그러니 어느 하나를 두고 모두 나를 닮으라고 하면 되겠습니까?

마지막 다섯째는 위의 네 가지 원을 한꺼번에 다 이루겠다는 대원

(大願)입니다.

불자들은 만나면 "성불하십시오"라고 인사하십시오. 모두가 부처님이 되는 것이 바로 불교의 목적입니다. 여러분의 심지를 살펴보면 알게 모르게 다 새겨져 있습니다. 무엇이든지 한번 심지에 새겨진 것은 절대로 없어지지 않습니다.

경계를 잘 관찰해야 합니다. 볼 것만 보고 보지 않을 것은 보지 않아야 합니다. 또 들을 것만 듣고 듣지 말아야 할 것은 듣지 말아야 합니다. 그렇지 않으면 좋지 않은 것들까지 다 박혀서 나중에 입으로, 행동으로 나옵니다.

'숙습난방'이라는 말이 있습니다. 지난날 몸에 밴 버릇은 고치기가 어렵다는 말입니다. 오랜 세월을 두고 처절할 정도로 자신을 틀어잡아야 합니다. 그렇게 업이 조금씩 바르게 맑아져야 나중에 소멸됩니다. 무엇이든 나누고 베푸십시오. 베푼 것은 모르고 나누었든 알고 나누었든 모두 자기 업이 맑아집니다.

스스로 중심을
잡을 때

중심을 잡게 되면 근심걱정이 사라집니다.
어떤 고난이 닥쳐온다 해도 두려움이 없습니다.

세상을 살다 보면 많은 사람들을 만나게 되는데, 그 사람마다 말과 행동이 다 다르고 경우가 없는 사람도 많습니다. 경우가 없다는 것은 바르게 안정되지 않았음을 말합니다. 중심을 잡지 못하는 것이지요. 중심을 잡게 되면 모든 근심걱정이 한순간에 싹 사라지게 됩니다. 어떤 고난이 닥쳐온다고 해도 전혀 두려움이 없습니다. 이런 사람은 자신감으로 가득 차고, 행동에도 힘이 들어가게 됩니다. 따라서 불안과 공포로부터 벗어나게 되므로 저절로 얼굴이 펴지게 됩니다. 어떻게 하면 중심을 잡을 수 있을까요.

옛날 당나라 때 위산 영우선사의 제자 중에 향엄 지한스님이란 분이 계셨습니다. 당시 위산스님 회하에는 천 명의 스님이 운집해 있었는데, 그중에서도 향엄스님이 가장 영특하고 총명했습니다. 하나를 물으면 열 가지, 백 가지로 대답할 수 있을 정도였다고 합니다.

어느 날 스승인 위산선사께서 향엄스님을 불러 질문을 했습니다. 향엄스님은 질문에 맞추어 요지에 어긋남 없이 대답했습니다. 그러자 스승이 "그렇다면 네가 부모의 인연을 만나기 전의 본래 모습은 무엇이냐?" 하고 물었어요. 이 질문에도 향엄은 대답을 척척 해냈습니다. 그러나 스승은 계속 고개를 설레설레 저으면서 "아니다, 틀렸다"고만 했습니다. 이렇게 대답을 해도 틀렸다, 저렇게 대답을 해도 틀렸다 하니 향엄스님은 기가 막혔습니다. '천 명이나 되는 대중에서 나를 따라올 사람이 없다'고 자신하고 있었는데, 정작 스승은 하는 말마다 틀렸다고만 하니 얼마나 화가 났겠습니까? 급기야는 대답할 말이 바닥나 더 이상 다른 답을 찾지도 못하겠고 해서 "저는 모르겠습니다. 스님께서 대답해주십시오" 하고 청했습니다. 그러자 위산선사께서 말씀하셨습니다.

"너에게 설파해주는 것은 어렵지 않지만, 그렇게 한다면 너를 위하는 것이 아니다. 이 문제는 네가 스스로 알아야만 하느니라."

향엄스님이 처소로 돌아와 좋은 머리로 아무리 궁리를 해보아도 달리 답이 없어요. 이미 자기가 정답이라고 여길 만한 것은 다 말씀드렸는데도 스승이 모두 틀리다고 했으니까요. 한편으로는 자존심이 상해 화도 나고 다른 한편으로는 '내가 이렇게 못난 사람이었나' 하고 스스로 부끄러운 마음이 일어났지요. 늘 남들에게 칭찬받고 대접만 받아온 향엄스님인데 얼마나 분하고 원통했겠습니까?

결국 향엄스님은 그 절을 떠나 "내가 이것을 모르면 사람도 아니다"라는 독한 마음을 다잡고서 깊은 산중으로 들어가 참구했습니다. 잠을 자거나 번잡한 생각을 할 겨를도 없었습니다. 오로지 '이 이치만은 반드시 알아내야 되겠다'는 일념뿐이었습니다.

그렇게 삼 년 동안 분심이 풀리지 않은 채 수행을 하고 있었는데, 하루는 마당을 쓸다가 빗자루에 기와 조각이 튕겨져 나가더니 대나무 숲에 가서 '딱!' 소리를 내며 부딪혔답니다. 향엄스님은 이 소리를 듣고는 크게 깨달았습니다. 삼 년 동안 쌓여 있던 의문이 한순간에 터널이 뚫리듯 터져버린 것입니다. 향엄스님은 곧 향을 사르고 눈물을 흘리며 위산선사가 계신 곳을 향해서 절을 올렸습니다.

"스승이 아니셨다면 어찌 오늘이 있을 수 있겠습니까?"

이처럼 참선을 하는 데에는 분심이 중요한 관건이 됩니다.

부처를 보고
부처를 이루다

하루를 살면 하루만큼의 후회가 쌓이고
일 년을 살면 일 년만큼의 후회가 쌓입니다.

기도를 하는 데에는 무엇이 제일 중요하겠습니까? 신심이 제일 요긴한 것입니다. 기도를 할 때는 지극한 마음으로 부처님을 믿는 믿음이 필요합니다. 그런 믿음으로 부처님을 기필코 친견하겠다는 마음을 내어야 합니다.

그다음으로 필요한 것은 내가 이 일을 해결하지 못하면 내생, 아니 억겁을 지날 때까지 결단코 물러서지 않겠노라는 용맹심입니다. 며칠 기도해보고서 "거, 별 영험도 없네……" 하며 물러서지 말고, "부처님을 친견하기 전에는 결코 물러서지 않으리라"는 굳은 결의를 일으켜야 합니다.

기도하는 사람에게는 견불(見佛)이 목표이고, 참선하는 사람들에게는 견성이 목표입니다. 불자들이라면 영험 있다는 기도처를 찾아다니면서 부지런히 기도를 하셨을 겁니다. 그러나 그렇게 열심히 시험 준비해서 문제를 풀어도 답을 제대로 써서 합격한 사람은 그다지 많지 않습니다.

언젠가 대구 법회에 갔을 때 신도들에게 "갓바위에 가보셨습니까?" 하고 물어보았습니다. 다들 가보았다고 하더군요. 저도 삼십 년 전쯤에 갓바위에 가본 적이 있습니다. 그때만 해도 길이 풀숲에 뒤덮여 사람들이 다니지 못할 지경이었습니다. 하루 종일 풀을 헤치면서 겨우겨우 찾아가 참배했던 기억이 있는데, 이번에 다시 찾아가보았더니 그 사이 얼마나 많은 사람들이 다녀갔는지 길이 잘 닦여 있더군요.

그래서 그곳 신도들에게 물어보았습니다. "무슨 이유로 그렇게들 많이 찾아갑니까?" 그랬더니 "갓바위에 가면 한 가지 소원은 들어준다고 해서 갔습니다"라는 대답이 돌아왔습니다. "그럼 아직 다녀오지 않은 분 손들어보십시오"라고 다시 물었더니, 손을 들지 않는 사람이 단 한 사람도 없어요. "그러면 애초에 바랐던 소원을 성취하신 분 손들어보세요" 했습니다. 겨우 몇 사람 들까 말까 망설이다 손을 슬그머니 내리더군요.

설악산 봉정암이니, 남해 보리암이니 좋다고 소문난 곳은 다 찾아다니면서 "어느 부처님이 영험 있고, 어느 기도처가 좋더라"고들 하는데, 사실 기도에 장소가 중요한 것은 아닙니다.

지성이면 감천이라는 말도 있지요. 기도는 믿음이 지극한지 그렇지 못한지가 문제입니다. 어느 부처님은 영험하고 어느 부처님은 영험하지 않은 게 아닙니다. 소원을 성취하지 못하고 부처님을 친견하지 못하는 원인은 부처님이 영험이 없어서도 아니요, 도량이 신령하지 못해서도 아닙니다. 바로 자기 자신에게 있는 겁니다. 자신에게 지극한 믿음이 없어서 기도가 성취되지 않는 것입니다. 부처님의 가르침이 잘못되고, 스승이 잘못되고, 화두가 잘못되어서 깨닫지 못하는 것이 아닙니다. 꾸준한 정진의 분심을 일으키지 않아서 깨닫지 못하는 것이지요.

작년이나 금년이나 그저 그렇게 세월만 보내면서 "내일 하지……" 하고 미루다가는 곧 숨넘어갈 날이 닥칩니다. 아무리 이야기해주어도 "옳긴 옳은데……" 하고는 말꼬리를 슬그머니 감추어버립니다. "옳은데, 뭐가 문제입니까?" 하고 다그치면 "스님 말씀이 옳기야 옳지만 사람이 살다 보면 바빠서 언제 그런 거 할 여유가 있습니까?" 하고는 핑계를 대고 맙니다.

결국 죽을 때는 회한과 원망만 짊어지고 떠날 수도 있습니다. 하루하루 공덕을 쌓는 삶이 되어야 합니다. 우리의 본심은 억만 겁이 지나더라도 달라지지 않습니다. 뽕나무밭이 푸른 바다가 된다 하더라도 변함이 없는 것이 바로 우리의 불성입니다.

현실에서 드러나는 모습은 잘난 사람 못난 사람, 귀한 사람 천한 사람, 부자 걸인, 남자 여자 등등 모양과 능력이 갖가지로 다르게 보이지만 본질인 불성은 조금도 다르지 않습니다. 무엇보다도 급선무는 이런 불성을 스스로 확인하고 회복하는 것입니다.

불성은 결코 훼손되거나 흔들리지 않습니다. 어떤 상황에서도 손상되지 않고 항상 그 자리에 고스란히 있습니다. 우리 마음이 제자리를 찾아 불성에 딱 맞게 되면 그때부터는 선업이나 악업에 끌려 다니지 않고 선도 악도 마음대로 부릴 수가 있게 됩니다. 이런 자리를 얻게 되면 이루 말할 수 없는 기쁨이 샘솟는데, 이것이 환희지입니다.

거울의 때를
말끔히 닦아내고

수행은 거문고를 타듯이 해야 합니다.
자기 능력과 힘에 맞추어 열심히 실천하십시오.

거울에 때가 뽀얗게 끼어도 거울은 거울입니다. 때가 끼어 있다고 해서 거울의 본바탕이 상하거나 깨지는 법은 없습니다. 불성을 깨닫는다는 것은 쓸모없는 물건인 줄 알고 구석에 처박아놓았던 볼품없던 그 거울이 내 자신이었음을 확인하는 것입니다.

몸이 지저분해졌을 때 목욕을 끝내고 치장까지 하고 나온 사람보고 흔히들 인물이 훤해졌다고 합니다. 거울의 때를 말끔히 닦아내고 나면 삼라만상이 조금의 일그러짐도 없이 거울에 그대로 투영되듯이, 악업을 말끔히 여의고 나면 본래 갖추고 있던 청정한 지혜가 비로소 찬란하게 드러납니다. 훤해집니다. 밝아집니다.

부뚜막에 있는 소금도 집어 넣어야 짜다고 했습니다. 아는 것만 가지고는 절대 안 됩니다. 몸소 실천하고 수행하지 않는다면 공염불로 돌아가고 맙니다. 진리라는 것을 수긍하면서도, '도저히 나 같은 사람은 할 수 없는 일이다'라면서 스스로를 비하하고 아예 실천해볼 엄두를 내지 않는다면, 태산의 소문을 듣고 직접 찾아가 두 눈으로 확인하고서도 그 높이에 지레 겁먹고 한 발자국도 올라가지 못하는 사람과 같습니다.

부처님께서는 수행은 거문고를 타듯이 해야 한다고 하셨습니다. 적당히 자기의 능력과 힘에 맞추어 열심히 실천하다 보면 어느새 중심이 잡히고 힘이 생긴 자신의 모습을 확인할 수 있습니다.

시공을 초월하는
자유

허공에 금을 그어 구분해도
허공은 나눠지지 않습니다.

어제는 이미 지나갔고, 내일이 다가올 것이라고 생각하며 우리는 살아갑니다. 오늘은 어떻습니까? 쏜살같이 저무는 해를 붙잡아둘 재주가 있는 이는 아무도 없지만, 과거를 후회하고 미래를 걱정하느라 정작 중요한 생각들은 깊이 해볼 여유도 없이 오늘 하루를 무의미하게 허비해버리고 맙니다. 대부분 중생의 일생이 이렇게 흘러가버립니다.

생각을 바로 세워 고요히 실상을 관찰해보면, 사라져버리는 일도, 머무는 일도, 또 없던 것이 새롭게 다가오는 일도 없습니다. 이것을 깨닫게 되면 과거에 연연하거나, 현실에 급급하거나, 미래를 쫓아 헐

떠일 일이 없습니다. 그러나 많은 이들이 이미 지나간 과거에 사로잡혀 살아가고 있습니다. "내가 왕년에는 이러저러했는데……", "그때 이렇게만 했더라도……"라는 눈물과 한숨으로 세월을 보냅니다. 사람들이 하루하루를 후회 속에서 보내게 되는 근본적인 원인은 바로 '과거가 실재한다'는 생각에 있습니다.

사람들에게 "당신의 과거는 어떠했습니까?" 물어보면, 마치 눈앞에서 훤히 보듯이, 그 시절로 다시 돌아간 듯이 이러저러했다고 실감나게 이야기합니다. 그러나 그렇게 분명한 과거가 지금은 어디에 존재합니까?

과거는 단지 기억 속에만 존재하는 것입니다. 사람의 생각이란 마치 강물 위로 피어오르는 물안개와 같습니다. 이리저리 모양을 바꾸며 마치 손에 잡힐 듯하다가 곧 사라져버립니다. 이런 물안개와 같은 것으로 특정한 형상을 만들어놓고 "이것이 바로 나의 과거다"라고 붙들고 있는 것입니다. 과거뿐 아니라 미래도, 또 현재까지도 사실은 실재하는 것이 아닙니다.

수백, 수천 년 세월이 흘러간 것처럼 생각하지만 결국 따져보면 사람들의 분별심이 마치 허공에 금을 긋듯이 과거, 현재, 미래를 이것이다 규정짓고 있을 뿐입니다. 허공에 금을 그어 구분해도 허공은 나눠지지 않습니다. 실상은 전혀 달라진 것이 없는데 중생의 분별심이 다르다고 보고 있습니다. 작년과 금년이 달라진 것이 아니라 결국 자기 생각만 달라진 겁니다.

내 스스로가
주인 되어

불성이란 마치 바다와 같습니다.
물방울이 합쳐지는 순간 완벽하게 하나가 됩니다.

　　중생은 시간의 지배를 받고 살아가지만 성인은 시간을 지배
하며 살아갑니다. 우리 범부들에게는 작년이 있고, 금년이 있고, 내
년이 있지만 부처님에게는 작년, 금년, 내년이란 것이 없습니다. 이렇
게 헤아리다 보면 우리 범부에게는 전생도 있고, 금생도 있고, 내생
도 있지만 부처님이나 성인들에게는 전생도, 금생도, 내생도 없습니
다. 시간이란 인간의 마음이 만들어낸 틀에 불과한 것이니까요.
　　어느 스님이 조주 종심선사에게 물었습니다. "하루 스물네 시간을
어떻게 마음을 써야 합니까?" 그러자 선사는 이렇게 답했습니다.
　　"그대는 스물네 시간의 부림을 받지만 나는 스물네 시간을 부릴

수 있다. 그대는 어느 시간을 묻는가?"

시간의 부림을 받으며 사는 것과 시간을 부리며 사는 것은 천지차이입니다. 중생은 코뚜레에 꿰인 송아지처럼 하루 스물네 시간에게 질질 끌려다니지만, 자고 싶으면 자고, 먹고 싶으면 먹고, 일하고 싶으면 일하는 것이 성인의 삶입니다. 환경의 지배를 받는 삶은 지루하고, 피곤하며, 부자유스럽기 그지없습니다. 하지만 내 스스로가 주인이 되어 환경을 지배하며 살아가는 것은 진정한 자유입니다.

세속에서 자유를 가장 많이 구속당하는 곳은 교도소입니다. 그렇다면 감옥에 갇혀 있지 않은 이들은 모두 자유로울까요? 그렇지 못한 것이 현실입니다. 흔히 인생살이를 창살 없는 감옥이라고 합니다. 살다 보면 답답한 일도 많고, 마음대로 되지 않는 일도 많습니다. 그 중에서 누구도 어찌할 수 없는 가장 큰 틀은 바로 시간과 공간일 것입니다. 흘러가는 세월은 그 누구도 돌이킬 수 없고, 중생은 모두 이 시간과 공간에 갇혀 자유를 박탈당하고 살아갑니다.

시간과 공간의 제약을 초월한 불성을 깨달으면 대자유를 얻습니다. 불성을 깨닫는 것은 마치 한 방울의 물이 바다에 합쳐지는 것과 같습니다. 아견과 아집의 망상에 사로잡혀 있는 중생은 한 방울의 물에 불과합니다.

그런데 한 방울의 물이 바다에 들어갔다고 생각해보세요. 물방울과 바닷물이 다른 성질입니까? 물방울이 바다로 들어가고 나서도 '이것이 본래 나의 모습이다' 하고 제 모양을 유지합니까? 바다로 들어간 뒤에도 다시 물방울과 바다를 구분해 분리시킬 수 있습니까?

불성이란 마치 바다와 같습니다. 물방울과 바닷물은 같은 성질입니다. 따라서 합해지는 그 순간에 이전의 모양은 흔적도 없이 사라져버리고 완벽하게 하나가 됩니다. 합해지는 그 순간 넓고 망망한 바다 전체가 곧 '내'가 되어버립니다. 또 바닷물이 언제 늘거나 준 적이 있습니까? 늘 그대로입니다. 불성에 합하는 그 순간 '나'는 시간적으로는 영원하고 공간적으로는 널리 퍼져 있는 존재가 됩니다.

힘을 얻게 되는
순간

우물을 파려면 한 우물을 파야 합니다.
열심히 정진하다 보면 힘을 얻게 되는 순간이 절로 찾아옵니다.

불성을 깨달으려면 중도를 깨달아야만 합니다. 지금 우리가 보고 있는 모습은 번뇌와 집착으로 뒤범벅된 견해와 생각에 바탕을 두고 있는 것이지 중도가 아닙니다. 중도를 보려면 지혜를 갖추어야 합니다. 지혜는 선정에서 생깁니다. 선정이 뒷받침되지 않고는 절대로 지혜가 일어날 수 없습니다. 아무리 논리정연하게 제반 현상들을 설명할 수 있다고 하더라도 선정이 뒷받침되지 않는다면 아집의 그물을 벗어날 수가 없습니다.

선정이란 가장 기초적인 부분으로 표현하자면 바로 집중력입니다. 강한 집중력을 통해 지혜로 비추어보아야 번뇌와 집착의 덮개를 뚫어버릴 수 있습니다. 말 몇 마디로 장난치는 정도의 생각으로는 절대 망상을 깨뜨릴 수 없습니다.

돋보기로 햇빛을 모아 한 점을 오래도록 비추면 불이 붙습니다. 집중력을 통해 지혜로 번뇌를 태우는 것이 이런 원리입니다. 그런데 금방 불이 붙지 않는다고 초점을 자꾸 옮기면 불이 붙지 않습니다. 선정도 마찬가지입니다. 현대인들에게 가장 부족한 것 중에 하나가 바로 이 집중력입니다.

사람들은 일념으로 염불하고, 기도하고, 화두를 들으려고 해도 대부분 몇 분을 넘기지 못하고 다른 생각을 하게 됩니다. 일념을 기르는 데에는 집중수행만큼 좋은 것이 없습니다. 집중수행은 최소한 사흘에서 일주일 정도는 해야 합니다.

사흘에서 이레 동안 깊은 삼매에 들어 참선하며 탐구했는데도 도통하지 않았다면 그것은 거짓말입니다. 그러므로 불법 공부든 세속 공부든 큰일을 성취하려면 한마음으로 해내는 집중력이 필요한 것입니다. 옛말에도 우물을 파려면 한 우물을 파라고 했습니다. 일구월심으로 열심히 정진하다 보면 힘을 얻게 되는 순간이 절로 찾아들게 되는 것입니다.

무엇이든
뜻대로 되리라

업보가 소멸되면 구름이 걷힌 뒤에 햇살이 비치듯이
부처님이 저절로 나타나게 됩니다.

부처님께서는 성불하신 뒤 스물아홉 해 동안 기원정사에 머무르셨습니다. 그 절을 지은 사람이 수달타장자인데, 전생에는 알거지였습니다. 너무 박복해서 어디서도 밥을 얻어먹지 못했지요. 그런데 전생의 수달타가 보기에 자기와는 딴판인 거지들이 있었습니다. 가사장삼을 입은 스님들이 아침마다 밥을 얻으러 다니는데, 이상하게도 사람들이 밥을 주면서 꼬박꼬박 절을 하는 것입니다. 자기는 얼씬거리지도 못하게 하면서요. 그래서 스님들 덕을 봐야겠다고 따라다니다가 어느 날 큰스님 밥을 얻어먹게 되었어요. 그러자 갑자기 어디선가 새가 날아와서 밥을 채어 가버리는 것입니다. 또 밥이 진흙으로 변하기도 했습니다.

부처님께서 이 모습을 보고 "아직도 네 업이 어느 정도인지 모르겠느냐?" 하며 법문을 해주셨어요. 부처님 법문을 들었던 공덕으로 악도에는 안 떨어지고 다시 사람으로 태어났는데, 밑천이 하나도 없으니 역시 어렵고 박복했겠지요. 하루 종일 일해도 한 끼밖에 해결이 안 돼요. 그러던 어느 날 아내가 밥을 지어놓고 남편을 기다리고 있는데 어떤 거지가 오더니 배고파 죽겠다고 하소연하는 것입니다. 아내는 거지가 딱해서 남편에게 줄 밥을 내주었지요. 그러자 거지는 입이 마르도록 칭찬을 하고 갔습니다. 마음이 뿌듯하고 좋아진 아내가 다시 밥을 해놓고 남편을 기다리고 있는데 이번에는 스님이 탁발을 오신 것입니다. 아내는 다시 흔쾌한 마음으로 밥을 드렸습니다. 스님이 돌아가고 난 뒤 쌀독을 보니 남은 쌀이 채 두 사람 몫이 되지 않았습니다.

마지막 밥을 해놓았더니 거룩하신 부처님께서 지나가시는 것입니다. 아내는 지극한 마음으로 부처님께 공양을 올렸습니다. 집에 쌀 한 톨도 남지 않게 되어서야 남편이 돌아왔는데, 아내는 아무것도 내올 게 없었습니다. 참으로 미안하고 안타까웠지만 마음만은 환희에 차 있었지요. 놀랍게도 아내로부터 사정 이야기를 들은 남편도 마음에 큰 환희심의 밝은 광명이 들었습니다.

이는 흐렸던 날이 갠 것과 같습니다. 날이 흐린 것은 우리 업장을 말합니다. 집에 부처님이 오셨다는 것은 광명이 비쳤다는 의미이고 모든 업장이 소멸된 것을 뜻합니다. 아니나 다를까, 부부가 몹시 기뼈하며 창고를 열어보니까 곡식과 보물이 가득 쌓여 있었지요. 몇 겁을 두고 닦아야 할 업을 한 생에 다 닦아버린 것입니다.

어떻게 이처럼 한순간에 업장을 다 닦을 수 있었을까요? 거지가 왔을 때 '나와 똑같은 사람이구나' 하고 평등한 마음으로 불쌍하게 여기고 자비한 마음으로 아낌없이 내주었기 때문입니다. 일체 중생을 이롭게 한다는 근본 원리를 터득하지 않으면 행하기 쉽지 않은 일이었지요. 그다음에 스님이 오셨을 때는 불법을 닦고 지키는 수행자를 위해 공덕을 쌓았지요. 마침내 부처님이 오셨습니다. 말하자면 하늘에 끼어 있던 모든 구름이 활짝 개인 것입니다. 천리만리 툭 터져 거리낄 것이 없고 장애가 없다는 뜻입니다. 무엇이든 뜻대로 다 되는 것이지요.

이에 비로소 수달타장자 집안의 모든 액운과 업장이 소멸될 수 있었습니다. 그리고 그때부터 집안에 재물이 쌓이고 쌓여서 아무리 써도 끝이 없었습니다. 이를 무량대복이라고 말합니다. 이와 같은 일을 겪고 수달타장자는 엄청난 거금을 들여 기원정사를 지었습니다.

평등 속의
차별

벌과 나비가 꿀을 따오듯 남들의 장점만 배우겠다고 생각하면
이 세상에 스승이 되지 않을 사람이 없습니다.

해인사를 총림이라고 합니다. 풀이 많이 모인 곳을 '총(叢)'이라 하고 수풀이 빽빽한 곳을 '림(林)'이라고 합니다. 대중이 많이 모이는 만큼 총림은 문제도 많고 시끄럽기도 합니다. 그렇지만 나보다 나은 사람이 많이 있는 곳이 총림이기도 합니다. 그중에서 훌륭한 사람을 본받으면 그 사람이 십 년, 이십 년 걸려 쌓아온 것을 빠른 시간에 배울 수 있지요. 그게 대중이 모여 사는 곳의 장점입니다. 대중과 함께 살다 보면 모두가 스승이 되는 것입니다.

벌과 나비가 꿀을 따오듯 남들의 장점만 배우겠다고 생각하면 이 세상에 스승이 되지 않을 사람이 없습니다. 그런데 우리는 다른 사

람의 장점은 안 보고 단점만을 가지고 매도해버리지요. 큰 잘못입니다. 그래서 선업만 배우고 악업은 배우지 않는 것이 신심을 무너뜨리지 않는 방법이라고 말합니다.

부처님께서는 『법구경』에서 "이 세상에 아무리 악이 많고 허물이 많아도 그 사이에 장점이 다 있다. 장점을 배우기를 벌이 꽃에 앉아 꿀만 따오듯이 하라"고 말씀하셨습니다. 부처님 눈에는 어떤 사람의 허물도 보이지 않는다고 했습니다. 또 부처님 아래의 보살 역시 중생을 교화하되 그의 허물을 보지 않는다고 했습니다. 모두 공덕의 무더기만 보는 것입니다. 일체 중생을 보되 중생을 중생으로 보는 것이 아니라 공덕의 대상으로 보는 것입니다. 벌 눈에 꽃이 꿀로 보이듯이 말입니다. 아무리 눈을 씻고 봐도 모두가 중생으로 보이고 나쁜 놈으로 보이면 공덕을 지을 수가 없습니다.

태양은 온 천지를 차별 없이 비춥니다. 하지만 해가 돋는 새벽에는 높은 산부터 비추고 차차 낮은 평지나 골짜기를 비추게 됩니다. 이것은 평등 속의 차별입니다. 이처럼 부처님께 모든 인연은 평등하지만 인연을 많이 지은 자가 부처님의 광명을 먼저 받는 것입니다. 경전에도 부처님께서는 일체 중생을 평등하게 보지만 차별이 나는 것은 각자 본인에게 달려 있다고 말합니다.

조금도 어긋남 없이 인연 법칙으로 만나고 헤어지는 것이 세상 이치입니다. 업보를 받는 것도 마찬가지입니다. 선업은 못 보고 상대방의 나쁜 점만 보기 때문에 이 세상이 공덕의 무더기인데도 공덕을 짓기는커녕 날이면 날마다 악업만 짓는 꼴이 되었습니다.

불법은 전생의 선근공덕이나 마음이 바르지 못하면 그 깊고 깊은 심오한 도리를 알기가 쉽지 않습니다. 그래서 불법을 배울 때는 어렵고 힘들다는 전제 아래 시작하는 게 좋습니다. 거꾸로만 가다가 바른 곳으로 돌아오려고 하니까 불법 배우기가 힘들고, 또 법문을 들어도 잘 모르는 것입니다. 비 온 뒤 잡초 돋아나듯이 한도 끝도 없이 올라오는 것이 번뇌망상입니다. 어떻게 하든지 번뇌망상의 잡초가 올라오지 않도록 해야 합니다.

중생의 마음은 잡초와 같습니다. 바라밀을 실천하는 수행을 통해 열심히 올라온 잡초는 뽑고, 아직 올라오지 않은 잡초는 막고, 공덕이 될 만한 것은 자꾸 키워야 합니다. 각자 마음의 잡된 생각을 다 놓아버리십시오. 불법에는 출가와 재가가 따로 없습니다. 무량중생 누구나가 다 성불할 수 있는 싹이 있습니다.

바른 도리와
바른 행동

안목을 갖추고 보면 흐르는 계곡 물과
우뚝 솟은 산봉우리가 모두 진여의 본체입니다.

오늘날 우리는 불상을 모시고 예배를 올리고, 기도를 하고, 또 참회를 합니다. 하지만 상근기(上根機, 부처님의 가르침을 듣고 그대로 발동할 수 있는 능력, 즉 중생이 지니고 있는 불법을 이해하고 받아들이는 본바탕 자질의 차이. 상근기, 중근기, 하근기가 있다) 불제자들에게는 불상이 필요가 없습니다. 부처님이 계시든 계시지 않든 한 치의 흐트러짐 없이 불법 안에서 정진할 만큼 대중들의 근기가 출중했기 때문입니다. 세월이 흐르면서 세상이 혼탁해지고 불법을 믿고 따르던 대중들의 신심도 점점 약해지자 어쩔 수 없이 불상을 조성하여 모시게 되었습니다. 부처님께서도 생전에 이미 "앞으로 내가 없을 때는 등신불(等

身佛, 부처님 모습과 같은 조각상)을 모시어 불연을 맺고 복을 지으라"는 말씀을 남기셨습니다. 그런 의미에서 매순간 악업을 바로잡고 선업으로 되돌리기 위해 불상을 모시고 부처님의 영혼을 불어넣는 점안(點眼)도 하는 겁니다.

진리의 측면에서 볼 때는 삼라만상 각각의 사물마다 진여의 본체 아닌 것이 없습니다. 산천에 있는 초목들을 자세히 살펴보면 이름도 다르고 모양도 다르고 크기도 성질도 수명도 다 제각각입니다. 하지만 그 근원을 보세요. 수많은 나무들이 모두 대지에 뿌리박고 자라났습니다. 가지로 보면 수천수만 갈래지만 그 뿌리는 하나입니다.

사람도 그렇습니다. 지구상에는 육십 억의 인구가 살아가고, 그중에는 백인도 있고 흑인도 있고 또 황인도 있습니다. 각기 생김새도 다르고 말도 다르고 성향도 다르고 종교도 제각각입니다. 행동까지 세밀하게 들여다보면 그 많은 사람들 중에 나와 같은 사람은 한 사람도 없어요. 그렇지만 진실의 눈으로 바라보면 그렇지 않습니다. 이른바 근본 성품이라고 하는 본질을 살펴본다면 모두 다르지 않습니다. 이것을 실상이라고 합니다.

실상을 볼 수 있는 안목이 생기면 진리, 즉 바른 도리를 믿게 되고, 바른 도리를 믿게 되면 바르게 행동하게 됩니다. 안목이 열리기 전에는 아무리 많이 듣고 아무리 많이 보아도 이해만 될 뿐이지 행동으로 옮겨지기 어렵습니다. 왜 그런가 하면 익혀온 습성 즉, 업이 올바른 길로 가는 것을 막고 익숙한 악의 길로 끌고 가버리기 때문입니다. 그래서 생각과 행동이 따로 드러나게 됩니다. 범부들은 알면서도 도리에 맞게 실천하지 못하고, 알면서도 죄를 짓고, 두 눈 멀쩡히 뜨고 과보를 받게 됩니다.

안목을 갖추고 보면 흐르는 계곡 물과 우뚝 솟은 산봉우리가 모두 진여의 본체입니다. 절에만 부처님이 있는 것이 아닙니다. 집안에서 항상 아침저녁으로 예불하는 것이 참부처님을 만나는 것입니다. 이러한 조석예불이 가정을 밝히고 사회를 밝힙니다. 조석예불로 내 마음의 부처님을 만나십시오.

지금이
가장 좋은 때

부처님은 일체의 번뇌와 고통이 없는데
중생은 왜 갖가지 번뇌와 고통 속에서 살아가는 것일까요?

마음 밖에 따로 존재하는 세상은 없습니다. 각기 자기 마음 작용대로, 마음의 눈을 통해 세상을 봅니다. 자기 심상대로, 자기 심보대로 보이는 것입니다. 마음이 청정한 사람은 세상도 청정하게 보지만, 마음이 혼탁하고 탐욕과 분노에 사로잡힌 사람은 세상이 온전히 보지 않습니다. 절망에 사로잡히거나 화가 머리끝까지 난 사람들은 "눈앞이 캄캄해진다"고 하지요. 욕심이 앞을 가려도 캄캄해지고, 분노가 치밀어 올라도 캄캄해지고, 어리석음으로 눈앞이 캄캄해집니다. 한평생 살아가면서 탐욕과 분노와 어리석음에서 벗어나 제대로 사는 시간은 얼마 되지 않습니다. 일평생 탐욕과 분노와 어리석음에 사로잡혀 살아가는 중생은 진정한 부처님의 모습을 볼 기회가 거의 없다고도 할 수 있습니다.

부처님과 우리 중생은 본질적으로 차이가 없습니다. 그런데 부처님은 일체의 번뇌와 고통이 없는데 중생은 왜 갖가지 번뇌와 고통 속에 태어나 살아가고 죽어야만 하는 것일까요? 부처님은 지혜를 갖추어 올바른 길로 걸어갔지만, 중생은 어리석음에 뒤덮여 삿된 길로 걸어갔기 때문입니다. 부처님께서는 지혜 광명으로 삼세의 일을 환히 보시지만, 중생은 어리석음에 뒤덮여 있으니 항상 캄캄한 어둠 속에서 살아야 합니다.

중생은 현명해져야 합니다. 그게 그리 어려운 일도 아닙니다. 우선 지금 내가 바르게 가고 있는지 잘못 가고 있는지 판단하는 것인데, 본인이 잘한다고 해도 힘들고 일이 잘 안 풀리고 있으면 그것은 바른 길의 상태가 아닌 것입니다. 중생의 입장에서 보면 부처님이 거꾸로 가는 것이겠지만 부처님의 입장에서 보면 중생이 거꾸로 가고 있는 것입니다. 이럴 때 내가 가는 길이 옳다고 고집만 부릴 것이 아니라 정말 바르게 가고 있는지 점검해보아야 합니다. 지금 내가 걸어가고 있는 길의 종착점이 평화와 행복이 보장되는 곳인지 심사숙고해야 합니다. 그리고 판단이 빨라야 합니다. 시간이 지나면 지날수록 부처님과의 거리는 점점 멀어지기 때문입니다. 아니다 싶으면 곧장 길을 돌이켜 부처님이 가신 길로 쫓아가야 합니다. 그것도 부지런히 쫓아가야 따라잡을 수 있습니다. 이것이 현명한 것입니다.

부처님께 제자들이 여쭈었습니다.

"저희는 언제쯤이나 잘못된 것을 돌이켜 불도로 나아갈 수 있겠습니까?"

그때 부처님께서 말씀하셨습니다.

"지금이 가장 좋은 때이니라!"

___『법화경』

마음에 모시는 부처님

언제 어디서나 항상 부처님을 마음속에 모시는 것,
이것이 진정으로 부처님을 친견하는 일입니다.

잘못을 저지른 것보다도 더 중요한 것은 잘못인 줄 깨닫고,
깨닫는 순간에 돌이키는 것입니다. 잘못인 줄 아는 그 순간에 잘못
을 버리고 바른 것을 실천하기 시작하는 것이 가장 좋습니다. 그런데
중생은 돌이킬 줄을 몰라요. 수천수만 년 동안 괴로움을 겪으면서도
돌아갈 줄 모르고 앞으로만 나아갑니다. 그런 중생을 돌이키게 하
고자 표상으로 제시하는 것이 바로 부처님 불상입니다. 괴로움뿐인
중생살이를 끝내고 부처님이 걸어가신 길을 따라가 부처님의 세계로
들어가라고 이정표처럼 제시한 것이지요.

그 사람이 살아온 것은 굳이 이력서를 끝까지 읽어보지 않아도 대

충 알 수 있습니다. 그 사람이 한평생 마음가짐을 어떻게 하고 살아왔는지는 얼굴에 나타납니다. 어떤 사람은 타고난 생김새가 잘난 얼굴은 아니지만 나이가 들어도 환하고 밝은 얼굴이 있습니다. 그런 사람은 보기만 해도 마음이 편안해지고 덩달아 내 마음도 밝아집니다. 반면에 어떤 사람은 인물은 잘났는데 왠지 밉살스럽고 어두워요. 그런 사람과는 오래 있고 싶지 않고, 또 오래 있으면 왠지 불쾌하고 불편합니다.

평생 살아온 자취가 얼굴에 그대로 드러나기 때문입니다. 얼굴은 곧 생애의 이력서입니다. 부처님 얼굴은 둥글고 환한 표정에 웃음이 넘칩니다. 편안함과 여유로움과 인자함이 저절로 배어나옵니다. 만일 부처님의 얼굴을 닮고 싶다면 지금 당장 부처님께서 하신 대로, 또 부처님께서 하라고 한 그대로 실천해야만 합니다. 부처님의 형상을 모시는 이유가 바로 여기에 있습니다.

각 사찰마다, 법당마다 수많은 부처님을 모시고 있습니다. 많은 불자가 영험이 있다고 소문이 난 부처님을 찾아 여기저기 헤매고 다니기도 합니다. 그렇다면 과연 어디에 부처님을 모시는 것이 가장 좋을까요? 깊은 산중에 있는 법당에 모셔놓는 것이 가장 좋을까요? 푸른 바다가 내려다보이는 곳일까요? 아닙니다. 바로 우리 마음 가운데에 모시는 것이 가장 좋습니다.

여기저기 법회에 참석하여 부처님을 친견하는 일도 물론 복되고 좋은 일입니다. 하지만 항상 마음속에서 부처님을 친견하는 것만은 못합니다. 늘 내 마음속에 부처님이 머무시게 하는 것만 못합니다.

그렇게 하려면 기도를 해야 합니다. 그것도 절에 왔을 때만 잠시 마음을 내는 것이 아니라 때와 장소에 상관없이 기도하는 마음을 가져야 합니다. 그러면 언제 어디서나 항상 부처님을 마음속에 모시게 됩니다. 이것이 진정으로 부처님을 맞이하는 일이고, 또 부처님을 친견하는 일입니다.

바로잡고
되돌리기

업에 이끌려 해왔던 생각과 말과 행동을 비우고
부처님의 생각과 말과 행동을 담아 실천해야 합니다.

중국 당나라 때 조주스님이 사람을 만나고 대우하는 방법에
는 세 가지가 있었습니다. 하루는 스님께서 좌선을 하고 있는데, 소
임자가 진부(鎭府)의 왕이 스님을 뵈러 왔다고 알렸습니다. 그런데
조주스님은 선상에서 내려오지도 않고 임금을 맞이하는 것이었습니
다. 그래서 주위에 있던 사람들이 물었습니다.

"스님께서는 나라의 왕이 오셨는데 무엇 때문에 일어나지도 않으
십니까?"

그때 조주스님이 하신 말씀이 있습니다.

"그대는 여기에 앉아 있는 나를 모르는가? 나는 하급 사람이 오

면 절 문까지 나가서 맞이하고, 중급 사람이 오면 선상을 내려가서 맞이하고, 상급 사람이 오면 선상에 앉은 채로 맞이하오. 대왕을 중급이나 하급의 사람으로 취급할 수는 없는 법이니, 혹시라도 대왕을 욕되게 할까 두렵소."

각각 한 지역을 다스리고 있던 연왕과 조왕이 스님을 뵈러 왔습니다. 그때도 스님은 똑바로 앉으신 채 자리에서 일어나지도 않고 두 왕을 맞이하였습니다. 두 왕은 조주스님의 법문을 듣고는 깊은 믿음을 느끼고 스님의 발아래 머리를 조아리고 찬탄하며 존경해 마지않았습니다.

그런데 그 수하에 있던 사람들은 불쾌한 생각이 들었습니다. 다음 날 두 왕이 돌아가려는데, 연왕을 모시던 선봉장이 조주스님이 자리에서 일어나지 않았다는 말에 그 오만한 응대를 힐책하기 위하여 새벽에 절 안으로 들어갔습니다. 그런데 스님께서는 이 소식을 듣고 이번에는 문 앞까지 나가서 영접하는 것이었습니다. 그래서 선봉장이 물었습니다.

"어제는 두 대왕이 오는 것을 보고도 일어나지 않으시더니, 오늘은 어째서 제가 오는 것을 보고 일어나서 맞아주십니까?"

조주스님이 말씀하셨습니다.

"그대가 대왕만 같다면 노승도 일어나 맞이하지는 않았을 것이오."

이 말을 듣고 선봉장은 스님께 두 번 세 번 절하고 참회하였다고 합니다.

"만약 부처님이 오시면 어떻게 맞이하겠습니까?"

학인스님들에게 이런 질문을 던진 적이 있습니다. 중생의 업대로 가던 길을 되돌려 부처님이 가신 정도를 행하려면 처음에는 무척이나 힘이 듭니다. 하지만 불법이란 행하면 행할수록 수월해지고 즐거움이 새록새록 찾아드는 것입니다.

중생의 업은 그 반대로 처음에는 달콤하고 매혹적이며 행하기도 쉽지만 시간이 지나면 지날수록 괴로움만 더해가고 머리 아픈 일만 생깁니다. 그것이 바로 세상사입니다. 결국에는 괴로움에 짓눌리고 갖가지 고뇌에 얽힌 채 죽어가게 됩니다. 중생이 하던 짓 계속해보아야 아무 소용이 없는 것이지요. 업에 이끌려 해왔던 생각과 말과 행동을 비우고 부처님의 생각과 말과 행동을 담아 실천하자는 의미입니다.

인연의
도리

세상살이 알고 보면 기가 막힐 일도 억울할 일도 없습니다.
내가 지은 대로 내가 받는 것이니까요.

인연 법칙은 촘촘히 짜인 그물코와 같아서 한 치의 오차 없
이 과보가 돌아옵니다. 당나라 때 재상을 지낸 배휴라는 분이 있었
습니다. 이분이 위주 고을의 자사가 되어 어느 절에 방문했는데 건물
들이 낡고 기울어져 무너지기 직전이더랍니다. 그래서 주지스님에게
소임에 소홀하지 않았는지 추궁할 요량으로 물었습니다.

"아니, 절이 이렇게 되도록 스님께서는 대체 무엇을 했다는 말입니
까?"

그랬더니 주지스님이 이렇게 말했답니다.

"어찌 이다지도 늦게 오셨소. 보다시피 그대가 세운 법당이 이렇게

되었으니 빨리 중수하도록 하시오."

그때 배휴가 순간 삼생의 일을 기억해내고 사재를 털어 법당을 중수했다는 기록이 있습니다. 배휴는 삼생 전에 그 절을 창건하였고, 그 공덕으로 금생에는 재상까지 지내는 복을 누리게 되었던 것이지요. 그 절의 주지스님 또한 도인이었나 봅니다. 법당이 기울어 주위에서 불사를 일으키자고 권유하면 한결같은 말씀이 "기다려라, 아직은 때가 되지 않았다. 곧 비의(非衣)보살이 오실 것이니라"고 했답니다. 비의보살이란 곧 배휴를 말하는 것입니다. 한문으로 '아닐 비(非)'에 '옷 의(衣)'를 합하면 배(裵) 자가 되니까요. 인연 법칙이란 그렇습니다.

저도 그런 경험을 한 적이 있습니다. 한때 "아니, 불보살님께 빌어서 될 것 같으면 힘들여 농사지을 필요가 있나. 논두렁에서 빌고 앉았지"라는 생각에 기도를 소홀히 했던 적이 있습니다. 그렇게 함부로 말한 과보인지 몰라도 희랑대 불사를 할 때였습니다. 희랑대에 도착해 보니, 앞이 캄캄하더군요. 다 쓰러져가는 법당에 수리를 하려고 해도 엄두가 나지 않아요. 답답하니까 매달릴 곳이라고는 불보살님밖에는 없더군요. 그래서 희랑대 문간에 "불사합니다" 하고 써 붙이고는 무작정 법당으로 올라가 기도를 시작했습니다. 그때도 참으로 간 큰 소리를 했습니다. "나반존자님, 불사는 제가 할 터이니, 대신 화주는 존자님께서 하십시오"라고 말입니다.

그날부터 사람들이 몰려드는데 참 신기하게들 알고 찾아오더군요. 그중에는 현몽하고 찾아온 사람들이 열에 한 명은 꼭 있었습니다.

아마 전생에 희랑대 불사에 동참했기에, 자기들이 지은 법당이 허물 어질 지경이 되었으니 이를 알고 찾아온 것이 아닌가 합니다. 어쨌든 그렇게 시작해서 법당부터 요사채까지 아홉 달 만에 불사를 원만하게 회향할 수 있었습니다. 그다음부터 저는 "기도 영험 없다"는 말을 절대로 하지 않습니다. 인연 법칙을 뼈에 사무치도록 깊이 느꼈기 때문입니다.

세상살이 알고 보면 기가 막힐 일도, 억울할 일도 없습니다. 내가 지은 것 그대로 내가 받는 것이니까요. 이런 이치를 몰랐을 때야 신기하기도 하고 놀랍기도 하지만 알고 보면 지극히 당연한 일입니다. 좋은 일을 하면 금생에나 내생에나 언젠가 반드시 복을 받습니다. 또한 나쁜 일을 하면 금생에서든 내생에서든 반드시 벌을 받습니다. 너무나도 쉽고 당연한 이 도리를 믿지 않기 때문에 함부로 살아가는 것입니다. 이런 인연의 도리를 철저히 깨닫는다면 말 한마디 행동 하나도 함부로 할 수 없습니다. 들도 보도 못한 생소한 이야기를 하거나, 특별한 도리를 가르치는 게 불법이 아닙니다. 지극히 당연한 이치를 깨닫게 해주는 것입니다.

지극히 당연한 이치 그대로 사신 분이 바로 부처님이십니다. 바르게 산다는 것은 이치대로 산다는 뜻이며, 곧 부처님처럼 살아간다는 뜻입니다. 우리도 부처님이 살아가신 그대로 바르게 살면 부처님과 같은 복과 지혜를 갖추게 됩니다. 이런 사실을 굳게 믿고 일상사에서 항상 자기 자신을 바로 세우도록 노력하며 열심히 정진합시다.

가장
존귀한 존재

세상에서 아름답기로 견줄 것이 없는 연꽃은
온갖 더러운 것들이 모여 있는 진흙탕에서 청초하게 피어납니다.

누구나 부처님이 될 수 있습니다. 한 사람 한 사람 모두 이 세
상에서 가장 존귀한 존재입니다. 이런 사실을 믿는 것이 바로 진정한
믿음입니다. 영성이라고 하는 것, 불성이라고 하는 것은 어느 한 개
인만의 소유물이 아니라, 세상에 존재하는 만유의 근본 바탕입니다.
이것을 명백히 믿는 사람은 반듯해집니다. 생김새도 밝아질 뿐만이
아니라 말 한마디 행동 하나하나가 어디 내놓아도 흠잡을 것 없이
반듯해집니다. 그런 사람은 보면 볼수록 친근감과 신뢰가 생깁니다.
이치에 맞는 말을 하고 사리에 맞게 행동하니 가까이 하고 싶어지는
것입니다.

초파일이 되면 다들 명산대찰을 찾아 등을 켭니다. 등불이 어둠을 밝히듯 마음의 어리석음을 환하게 밝히고자 등을 다는 것입니다. 부처님은 모든 중생을 구제하고자 하는 원력으로 사바세계에 오셔서 두 가지 큰 인연을 지어놓고 가셨습니다. 하나는 인연이 무르익은 중생에게 부처님 재세 시에 성불하도록 하신 것입니다. 다른 하나는 근기가 미숙하여 불과를 얻지 못했던 이들과 후대의 자손들을 위해 깨달음의 길에 이를 수 있도록 팔만사천의 법문을 남겨놓으신 것입니다.

부처님께서 열반에 드실 때 제자들에게 마지막으로 당부하신 것이 "부지런히 정진하라"는 말씀이셨습니다. 또한 "내가 떠나더라도 너희가 나의 가르침을 따라 배우고 익힌다면 내가 있을 때와 다를 바가 없다'고 하셨습니다. 그러므로 부처님이 안 계시고 불법이 없어서 깨달음을 얻지 못하는 것이 아닙니다. 어리석고 게을러 힘써 실천하지 않는 것이 문제입니다.

공자께서도 말씀하셨습니다. 유교의 이념은 인(仁), 의(義), 예(禮), 지(智), 신(信), 다섯 가지입니다. 이 가운데 가장 중요한 것은 인입니다. 그래서 인이 있는 사람을 도덕군자라고 합니다. 불교에서 말하는 견성(見性, 마음 닦는 공부를 하여 깨달음을 얻게 되는 체험의 경지)한 사람처럼 최고의 경지에 이른 사람으로 여깁니다. 도덕군자가 되려면 인과 의가 항상 몸에 배어 있어야 합니다.

공자님께서 말씀하셨습니다. "누구나 도덕군자가 될 수 있다. 그러나 모든 사람이 도덕군자가 되는 것은 아니다. 그 이유가 무엇인가?

인과 의가 사람을 멀리하는 것이 아니라, 사람이 인과 의를 멀리하기 때문이다."

불교로 말하자면, 누구에게나 불성이 있고 누구나 견성할 수 있다는 것이지요. 그러나 소털처럼 많은 사람 중에서 견성하는 이가 소뿔처럼 드문 이유는 중생 스스로 불성을 멀리하고, 중생 스스로 부처를 멀리하기 때문입니다. 중생에게 불성이 없고, 부처님이 중생을 멀리해서 그런 것이 아닙니다.

불법은 바로 세간에 있지, 극락에 있는 것도 천당에 있는 것도 아닙니다. 부처님이 성불하시고 나서 어디에 계셨습니까? 부처님은 성불하시고서 마흔다섯 해 동안 시장판처럼 시끌벅적한 이 세계에서 범부들과 함께 머무셨습니다. 불법은 고난과 괴로움으로 뒤범벅이 된 사바세계에 필요한 것입니다.

이것을 진흙탕에서 피어나는 연꽃에 비유했습니다. 세상에서 아름답기로 견줄 것이 없는 연꽃이라고 해서 높은 봉우리 기암절벽에 고고하게 피어나지 않습니다. 온갖 더러운 것들이 모여 있는 진흙탕에서 청초하게 피어납니다. 사바세계는 오욕의 더러운 오물로 뒤범벅이 된 곳입니다. 부처님께서는 낮고 더러운 진흙탕에서 깨달음이라는 아름다운 꽃을 피우셨습니다.

연꽃이 피는 순간 열매도 같이 맺습니다. 우리 중생도 마찬가지입니다. 사바세계의 중생은 모두 태어나면서부터 불성을 지니고 태어납니다. 누구나 부처가 될 씨앗을 가지고 있는 것이지요. 깨달음의 꽃만 피우면 과보는 저절로 익어가게 됩니다. 그런데 우리는 불성을 지니고 태어나고서도 성불을 못 하고 있습니다. 부지런히 수행정진 하지 않기 때문에 봉오리가 열리지 않는 것이지요. 정진하기만 하면 열매는 절로 익어갈 것입니다.

우리가 살고 있는 이곳이 바로 불법을 실천하고 깨달음을 일구어 나갈 땅이라는 것을 명심해야 합니다. 살아가는 일이 힘들고 고생스 러우면 세상을 원망하고 극락이나 천당 같은 다른 세계에 태어났으 면 하고 생각하지요. 그곳에 부처님이 계실 것만 같고, 불법이 실현 되는 세계인 것만 같지요. 하지만 아무 걱정도 근심도 없는 세계에는 사실 불법이 존재할 필요가 없습니다.

고요한 바다에
삼라만상 드러나듯이

물이 맑아지면 하늘의 해와 달이 물 안에 고스란히 비치듯 지혜가 밝아지면 청정한 부처님이 현현할 것입니다.

어떤 사람이 부처님을 친견하려고 애써 극락세계를 찾아갔더니 부처님 방 앞에 문패가 붙어 있더랍니다. "부처님 외출 중"이라고요. 옆에 있는 사람에게 "어디로 외출하셨습니까?" 하고 물었더니 사바세계로 외출하셨다는 것입니다. "언제 돌아오십니까?" 하고 물었더니 "모르겠습니다"라고 합니다. 그래서 "왜 모르십니까?" 하고 물었더니 "사바세계 중생을 다 구제하고 사바세계가 없어져야 돌아오실 텐데, 언제 그리 될지 알 수 없으니 부처님이 돌아오시는 날도 알 수 없습니다"라 하더랍니다.

부처님은 극락세계에 계시지 않습니다. 바로 우리 곁에 계십니다.

중생 스스로 어리석음에 가려서 보지 못하는 것입니다. 업보가 눈을 가리고 있기 때문입니다. 하늘의 태양이 항상 빛나고 있지만 눈먼 봉사가 보지 못하는 것과 같습니다. 봉사는 태양을 보지는 못하지만 태양의 혜택을 받고 있습니다. 마찬가지로 중생이 어리석어 불성을 보지 못하지만, 불성의 혜택을 받고 살아가고 있습니다. 불법을 믿거나 말거나 상관없습니다.

산천초목도 태양이 있다는 것을 모릅니다. 하지만 태양의 존재를 믿거나 말거나 햇볕의 공덕으로 싹이 트고, 줄기가 자라고, 열매를 맺지요. 마찬가지로 우리도 불성의 공덕으로 살아가고 있습니다. 햇볕 없이 자라는 식물을 상상할 수 없듯이 불성의 혜택을 받지 않고 산다는 것은 있을 수 없는 일입니다. 불법은 세간 속에 있으니 세간을 등지고서 부처님을 찾는다면 마치 토끼 뿔을 구하려는 것과 같습니다. 세상천지를 뒤져보아도 토끼 뿔이라는 것은 존재하지 않습니다. 있지도 않은 것을 찾아 헤맨다면 결국 헛수고만 하는 것입니다.

이런 이치를 마음자리에 적용시켜보면, 우리의 참 마음, 본래의 청정한 마음이 어디에 있겠습니까? 보리심(깨달음)은 결국 망념 속에 있습니다. 망념을 떠나서 따로 보리심을 찾는 것은 헛수고일 뿐입니다. 기도를 하다 보면 오 분도 채 안 되어서 염불이 어디로 가고 없어집니다. 이런저런 걱정에, 망념이 끝없이 일어납니다. 그럴수록 "잡생각 때문에 나는 공부가 안 된다"고 체념할 일이 아닙니다. 잡생각을 거르고 거른 그대로가 곧 우리의 본심입니다. 그것만 알면 됩니다. 망념이 일어나면 억지로 찍어 누르려 하지 말고 그것을 알아차리기만 하면 됩니다.

진짜 중병은 망상이 일어나는 것이 아니라, 망상이 망상인 줄을 모르는 것입니다. 집에 손님이 많이 다녀갔는데 나중에 보니 집에 있던 중요한 물건이 없어졌어요. 많은 손님들이 다 도둑일까요? 손님 가운데에 도둑이 섞여 있던 것이겠지요. 문제는 누가 도둑인지 알아보지 못하는 데 있습니다. 도둑이 누구인지를 안다면 물건을 잃어버리지 않았을 것입니다.

아침에 눈뜨고 저녁에 눈감을 때까지, 아니 꿈에서까지 욕망과 집착으로 범벅된 번뇌망상 속에서 헤매고 사는 자가 바로 중생입니다. 부처의 싹을 자르는 것은 자기 자신입니다. 물이 맑아지면 하늘의 해와 달이 물 안에 고스란히 비치듯, 망상만 고요해지면 지혜는 저절로 드러나게 되고, 지혜가 밝아지면 청정한 부처님이 곧 현현할 것입니다.

고요한 바다에 삼라만상이 일그러지지 않고 도장 찍히듯 드러나는 것, 이것이 바로 해인삼매입니다. 몸을 바르게 하면 마음도 따라서 맑아지게 되고, 마음이 맑아지면 일체 삼라만상의 실상이 그대로 눈에 들어오게 됩니다. 작은 그릇 속에 넓은 하늘이 투영되듯이, 우리의 마음속에 세상 모든 일들이 환하게 보이는 것입니다. 우리의 몸은 그릇과 같고, 마음은 그릇에 담긴 물과 같다는 것을 명심하고, 늘 몸과 마음을 정리하십시오.

깨달음의 길,
팔정도

무엇이 옳고 그른지 알게 되면
무엇을 해야 하고 무엇을 하지 말아야 할지 알게 됩니다.

불법을 배워 깨달아가는 과정을 신(信), 해(解), 행(行), 증(證)
이 네 단계로 설명합니다. 불법을 배우려면 무엇보다도 믿음이 있어
야 합니다. 믿지 않으면 법문을 들어도 곧이들리지 않고 곡해하거나
귓전으로 흘려버리게 됩니다. 믿음이 분명해야 올바로 이해할 수 있
습니다. 반대로 불법을 분명히 이해하지 못하면 진정한 의미의 믿음
이 솟아나지 않습니다. 깨달음이 오면 부처님에 대한 존경과 믿음이
가슴 밑바닥에서부터 용솟음칩니다. 그리고 무엇이 옳고 무엇이 그
른지, 어떤 것이 법다운 것이고 어떤 것이 법답지 못한 것인지 정확
한 판단이 서게 됩니다. 바른 견해가 서야 올바른 실천이 뒤따르게

되는 것이지요. 확고한 믿음과 분명한 견해가 뒷받침되어 실천에 옮기면 반드시 결과가 따라옵니다. 결과란 바로 도를 깨닫는 것이고, 일체의 번뇌로부터 해탈하는 것이며, 열반을 증득하는 것입니다.

바른 믿음이 없으면 올바른 견해를 배울 기회를 얻을 수 없습니다. 그러면 욕심에 눈이 멀어 바른 길을 멀리하게 됩니다. 아지랑이 같은 업식에 이끌려 삿된 길로 들어서게 됩니다. 잘못된 길로 들어서서 얼마쯤 가다 보면 내가 지금 어디로 가고 있는지, 이 길로 가면 어디가 나오는지, 길을 가는 이유도 목적도 잊어버린 채 멍하니 걷기만 하게 됩니다. 지금 우리가 살아가고 있는 모습이 꼭 이렇지요. 옆에서 지금 잘못된 길을 가고 있다고 말해주어도 귀에 들리지 않습니다.

그렇게 한평생 고생해서 걸어가 도달하는 종착지는 수고만 많았지 아무런 공이 없는 곳입니다. 그래도 항아리 지고 가다가 떨어뜨려 깨졌다고 주저앉아 울고만 있을 수는 없습니다. 운다고 깨진 항아리가 다시 붙지도 않습니다. 부서진 항아리는 돌아보지 말고 미련 없이 떠나는 게 현명합니다. 지나온 과거를 후회하고 한탄할 것 없이 지금부터라도 불법을 배우고 올바른 믿음을 일으키면 새로운 길이 보입니다. 그 길은 바로 진실의 길, 진리의 길, 깨달음의 길입니다.

부처님께서 제시해주신 깨달음으로 가는 지름길이 바로 팔정도입니다. 팔정도란 정견(正見), 정사유(正思惟), 정어(正語), 정업(正業), 정명(正命), 정정진(正精進), 정념(正念), 정정(正定)입니다.

팔정도의 첫 번째는 정견(正見, 바른 견해)입니다. 이 세상을 바로 보게 하는 바른 견해란 무엇일까요? 그것은 부처님의 가르침입니다. 일상생활에서 자꾸 문제가 일어나는 것은 바른 견해가 없기 때문입니다. 세상을 바로 볼 줄 알면 두려워하거나 근심 걱정이 없습니다. 결국 내가 세상을 제대로 못 보고 살기 때문에 그렇습니다. 항상 부처님 법을 듣고 배워야 바른 기준이 서고 바른 판단이 서게 됩니다.

육근이 어두우면 박복하고 병들며 빈천한 과보를 받게 됩니다. 구하는 것이 적을 때 안이비설신의가 조용해집니다. 안이비설신의 안에 지옥과 천당이 둘 다 들어 있는 것이지요. 이 세상에서 제일 큰 도적은 안이비설신의, 육적이라고 했습니다. 이 여섯 가지 도적은 밖으로는 열 가지 악업을 짓고 안으로는 지난 생에 어쩌다 지어놓은 공덕마저 다 깎아버립니다.

『초발심자경문(初發心自警文)』에 "뱀이 물을 마시면 독이 되고, 소가 물을 마시면 젖이 된다"는 말이 있습니다. 아무리 옳고 좋은 말이라도 말하는 사람의 생각이 바르지 못하면 바른 말이 되지 않습니다. 사기꾼들도 말을 잘 합니다. 유창하고 매끄러울 뿐 아니라 누가 들어도 옳다고 할 만한 말만 골라서 합니다. 옛말에 "바른 사람이 삿된 말을 하면 그 말이 바른 말이 되지만, 삿된 사람은 바른 말을 해도 삿된 말이 된다"고 했습니다. 먼저 올바른 견해를 가지면 말과 행동은 따라서 바르기 마련입니다.

두 번째는 정사유(正思惟, 바른 사유)입니다. 바른 사유는 바로 본 것을 오매불망 간직하는 것입니다. 송곳으로 구멍을 뚫듯이 파고 또 파고 들어가는 것입니다. 자꾸 파고 들어가면 구멍이 뚫리는데, 올바른 사유는 잡념과 망상을 다 사라져버리게 하고 도통을 이루어냅니다.

세 번째는 정어(正語, 바른 말)입니다. 중생은 악업만 지어놓았기 때문에 입만 열면 남의 허물이 나옵니다. 나쁜 것만 보고 들었으니 바른 말이 나올 리가 없지요. 바른 말의 기준은 부처님 법문입니다. 법문이 입에서 나올 정도만 되면 부처님처럼 보이고 부처님 말씀만 들립니다. 이게 안으로부터 되지 않으면 꼭 나쁜 것만 보고 듣게 되어 있습니다. 부처님 법문을 잘 들으면 남들이 아무리 나쁜 말을 해도 그것이 반대로 들립니다. 이 정도가 되면 업이 뒤바뀌는 시점이 되는 것입니다.

네 번째는 정업(正業, 바른 행위)입니다. 바른 행위는 신구의 삼업, 즉 몸으로 짓는 살생, 도둑질, 음행 등을 짓지 않는 것입니다. 살다 보면 이런 업을 아예 안 지을 수는 없겠지만 될 수 있으면 피하라는 것입니다. 즉 불자 오계를 지키는 것입니다.

다섯 번째는 정명(正命, 바른 생활)입니다. 바른 생활이란 생계를 바르게 꾸려나간다는 뜻입니다. 생명을 죽이는 직업, 도박, 마약 판매, 무기 매매, 주류 판매 등을 하지 않는 생활입니다.

여섯 번째는 정정진(正精進, 바른 정진)입니다. 우리는 나쁜 업에 목숨을 걸고, 술 먹고 노는 것에 땀을 뻘뻘 흘립니다. 그러나 경전을 공부하고 염불하라고 하면 손사래를 칩니다. 시간도 일분일초에서부터 시작하고 인생도 지금부터 시작입니다. 지금 이 한 생각을 똑바로 가져야 현명한 사람입니다. 어제도 내일도 생각하지 마세요. 오늘 내가 어떻게 바로 생각해서 바로 걸어가느냐가 중요합니다. 지금 내가 무엇을 하고 있는가를 똑바로 분별하고 바른 것을 그냥 그대로 하라는 말입니다. 이게 바른 정진입니다. 바른 생각이 어긋나지 않도록 오직 밀고 나가면 이것이 정진입니다. 정진을 하되 십 년, 이십 년을 생각하지 말고 현재 일분일초만을 생각하라는 것입니다. 그러면 지루하지도 답답하지도 않을 것입니다. 정진은 원래 다만 그냥 할 뿐입니다.

일곱 번째는 정념(正念, 바른 마음 챙김과 알아차림)입니다. 마음을 잘 챙겨야 복을 받습니다. 하느님이 복을 주고, 부처님이 복을 주는데 내 몸이 깨지거나 뒤집어져 있다면 그릇에 담기겠어요? 그릇은 바로 나 자신입니다. 그러니 복을 받으려면 현재 상황을 잘 알아차리고 마음을 챙겨야 합니다. 깨지거나 더러운 그릇은 안 됩니다. 바른 정진은 그릇을 깨끗이 닦는 것이고, 정념은 항상 이 순간을 직시하는 알아차림입니다.

정념 중에 으뜸은 바로 염불, 참선, 화두입니다. 그래서 참선하지 않고 염불하지 않으면 성불하지 못하고 부처님을 친견하지 못한다는 것입니다. 천생연분이라고 하는 사람들이 있지요? 그 사람들은 전생부터 그 사람을 향해 오게 되어 있습니다. 온다는 것은 생각을 좁혀 들어오는 것입니다. 그러면 우리는 왜 중생만 만나는 것일까요? 부처님이 없어서 못 만나는 것일까요? 기도를 하면 감응이 있다고 하지요? 감은 중생, 즉 나이고 응은 불보살입니다. 기도를 해서 내가 부처님 생각에 맞추는 것입니다. 현재를 놓치지 마십시오.

여덟 번째는 정정(正定, 바른 삼매)입니다. 바른 삼매는 번뇌로 인한 어지러운 생각을 버리고 마음을 평온하게 하는 일입니다. 선정 없이는 깨치지 못합니다. 깊은 삼매를 닦아 오매일여의 경지에 이르도록 하십시오. 화두를 들고 들고 또 들고 놓치지 않는 자체가 바른 삼매로 가는 길입니다. 이와 같이 팔정도를 닦으며 정진하는 것이 부처 되는 비법입니다.

깨달음이
열리는 날

내가 바로 서면 내 가정이 바로 서고
이웃과 사회가 바로 섭니다.

생각과 말과 행동이 올바르게 되었으면, 그것이 몸에 배도록 열심히 노력해야 합니다. 한순간의 기지로 도리나 이치를 알았다고 해서 모든 번뇌로부터 해탈할 수 있는 게 아닙니다. 차돌을 물에 넣었다가 꺼내도 차돌에 물이 스며들지 않는 것과 같습니다. 입으로는 깨달음을 거론하려 하고 알음알이로 진리를 터득하려 해서 되는 일이 아닙니다. 불법을 익혀 나아가는 일은 옷에 향기가 스며드는 일과 같습니다. 법당에 오래 앉아 있으면 자기도 모르는 새 향내가 옷에 스며듭니다.

공부를 지어나가는 것도 마찬가지입니다. 염불을 하든 기도를 하든 참선을 하든 오로지 한마음으로 열심히 하다 보면 어느 때인가 부처님의 교화를 받을 기연(機緣)이 되어 '진정한 깨달음'이 열리게 됩니다. 공부가 익으면 일체 만물이 다 기연이 됩니다. 현사스님은 이리저리 떠돌며 수행하시기 위해 길을 나서다가 돌부리에 걸려 넘어지고서 깨달음을 얻으셨습니다. 또 향엄스님은 마당을 쓸다가 기와 조각이 튀어나가 대나무에 부딪치는 소리를 듣고 깨달음을 얻으셨습니다.

길을 가다 넘어지는 사람도 많고, 대나무에 돌이 부딪치는 소리를 들은 사람도 많을 것입니다. 그렇지만 그들이 깨닫지 못한 것은 바로 익지 않아서입니다. 어미 닭이 열심히 알을 품어 그 안에서 병아리가 자라야 세상 밖으로 나오는 이치와 마찬가지입니다. 알이 부화가 덜 되어 병아리가 채 자라지 못했다면, 어미 닭이 아무리 알 껍질을 쪼아도 소용이 없습니다.

누가 진리라고 말해주어서 진리로 믿는 것이 아닙니다. 말하든 말하지 않든 상관없이, 진리임을 분명히 확인해야 신념이 확고히 섭니다. 이처럼 바른 견해가 세워지면 힘이 생깁니다. 이것은 고집을 부리는 것과도 다릅니다. 고집이란 바른 판단 없이 나에게 이익이 되는 일을 성취하기 위해, 또는 불이익으로부터 자신을 방어하기 위해 하는 행동입니다.

하지만 진리에 대한 확신은 그렇지 않습니다. 나에게 이익이 되든 손해가 되든 상관없이 진실은 진실입니다. 설령 그것이 불이익을 가져다준다고 해도, 믿고 따라야겠다는 신념이 생기는 것이 바로 확신입니다. 확신이 서게 되면 먼저 자기 자신이 바로 서게 됩니다. 중심을 바로잡고서 이해득실이나 칭찬과 험담에 휘말리지 않게 됩니다. 내가 바로 서게 되면 곧 내 가정이 바로 서게 되고, 결국 이웃과 사회가 바로 서게 됩니다.

진인사대천명이라고 내 스스로 할 바를 다했다면, '깨닫지 못하면 어떡하나' 하고 근심할 필요가 없습니다. 불법을 만난 그 자체가 이미 그대로 구원과 해탈이 있는 성불의 길입니다.

말씀 보광 대선사

해인사 고승으로 오로지 산중에 머물면서 불법의 진리를 터득한 이 시대의 진정한 수행승이자 선교겸수, 선경율 삼장, 유불선을 통달한 대선사이다. 출세간을 달관하여 산골의 샘물로 목을 축이며 청산을 벗 삼고 있지만, 예리한 직관과 통찰력으로 많은 수행자를 양성한 출가자의 표상이다. 현재 우리나라 불교계를 이끄는 많은 지도자가 대선사의 제자들이다. 17세 나이에 동진 출가했고, 강원(승가대학) 교수사와 해인사승가대학 대학장을 9년 동안 역임하고 대강백(대석학)으로서 20여 년 동안 학승을 가르쳤다. 이후 해인사 선방, 칠불사 선방 등 20안거를 성만하고, 2000년 해인사 주지를 마지막으로 산속에서 독야청청, 유유자적의 칩거수행 중이다. 2017년 올해 세수 77세 법랍 60년으로 현재 해인사 희랑대 조실로 계신다.

엮은이 경성 스님

강직하고 올곧은 수행승으로 정평이 난 해인사 율주(석학)이다. 1977년 입산하여 1979년 해인사로 출가, 해인사 강원과 율원, 중앙승가대학교를 졸업하고 해인사, 범어사 선방에서 정진했다. 해인사 포교국장과 교무국장을 역임하며 동국대학교 대학원에서 박사학위를 취득하고 중앙승가대학교와 동국대학교 불교대학원 강사와 교수를 지냈다. 현재 해인사 율원(율학 대학원)의 교수로서 학인 스님을 가르치며, 보광 대선사의 입실상좌로서 해인사 희랑대 주지로 봉직하고 있다. 많은 수행자가 경성 스님의 순수함과 인간미 넘치는 출가대장부의 기개에 매료되었다. 외강내유형의 큰 산봉우리 바위를 닮은 뚝심을 가진 큰형님 같은 스님이다. 논문으로는 「불교수행의 두타행 연구」가 있다.

엮은이 각산 스님

오로지 수행 한길을 걷는 세계명상수행승, 세계명상대전 주최자이다. 해인사 출가, 해인사승가대학 대교과를 졸업하고 미얀마 고승 파욱 사야도와 세계명상스승 아잔 브람에게 가르침을 받았다. 송광사·범어사·통도사 등의 제방 선원과 태국·미얀마·스리랑카·호주의 숲속에서 10여 년 동안 정진하고, 인도·중국·대만·일본·유럽·미국 등 전 세계 국제명상센터를 수행 탐방했다. 보광 대선사의 상좌로서 제2회 간화선대법회 집행위원장을 역임했다. 현재 대한불교조계종 참불선원장과 세계명상대전위원장을 맡고 있으며, 아잔 브람 보디냐나 명상센터 한국 총본원장, 한국명상지도자협회 연수교육위원장을 겸직하고 있다. 동국대학교 정각원 초청 불교방송(BBS) TV의 다시보기 1위 돌풍을 일으킨 명강사로, 명상입문서 『멈춤의 여행』, 『시끄러운 원숭이 길들이기』, 『성난 물소 놓아주기』, 『슬프고 웃긴 사진관』 등 베스트셀러 다수를 저술하고 감수했다.

KI신서 6841

큰스님의 마음공부
해인사 고승 산방한담

1판 1쇄 인쇄 2017년 2월 10일
1판 1쇄 발행 2017년 2월 15일

지은이 보광 대선사
엮은이 경성·각산 스님
펴낸이 김영곤 **펴낸곳** (주)북이십일 21세기북스
출판기획팀장 정지은 **책임편집** 김수현
디자인 표지 박선향 **본문** 제이알컴
출판사업본부장 신승철 **영업본부장** 신우섭
출판영업팀 이경희 이은혜 권오권
출판마케팅팀 김홍선 배상현 신혜진
프로모션팀 김한성 최성환 김주희 김선영 정지은
홍보팀 이혜연 최수아 홍은미 백세희 김솔이
제작팀장 이영민

출판등록 2000년 5월 6일 제10-1965호
주소 (10881) 경기도 파주시 회동길 201 (문발동)
대표전화 031-955-2100 **팩스** 031-955-2151 **이메일** book21@book21.co.kr
홈페이지 www.book21.com **블로그** b.book21.com
트위터 @21cbook **페이스북** facebook.com/21cbooks

© 보광 대선사, 2017

(주)북이십일 경계를 허무는 콘텐츠 리더

21세기북스 채널에서 도서 정보와 다양한 영상자료, 이벤트를 만나세요!
북이십일과 함께하는 팟캐스트 '[북팟21] 이게 뭐라고'
페이스북 facebook.com/21cbooks 블로그 b.book21.com
인스타그램 instagram.com/21cbooks 홈페이지 www.book21.com

ISBN 978-89-509-6841-0 03810